Mande a su hijo a Marte

Editorial Bambú es un sello
de Editorial Casals, SA

Tel.: 902 107 007
editorialbambu.com
bambulector.com

Diseño de la colección: Miquel Puig
Ilustración de la cubierta: Pep Brocal

Vigésima edición: septiembre de 2021
Décima edición en Editorial Bambú
ISBN: 978-84-8343- 157-3
Depósito legal: M-26798-2011
Printed in Spain
Impreso en Anzos, SL, Fuenlabrada (Madrid)

El papel utilizado para la impresión de este libro procede de bosques gestionados de manera sostenible.

Mande a su hijo a Marte

Fernando Lalana

bambú
EDITORIAL

«Miraba el cielo azul de Marte, como si en cualquier momento pudiera encogerse, contraerse y arrojar sobre la arena algo resplandeciente y maravilloso».

Ray Bradbury
Crónicas Marcianas

La Tierra. A mediados de agosto

Dorian Gray

–Hala... Me dijiste que podría ir contigo a este viaje.

–No, no, no, Elisa. Eso no es cierto. Te dije que vendrías si aprobabas el segundo ciclo de Enseñanzas Primordiales –replicó don Roberto, insistiendo en la partícula condicional de la frase–. Como no ha sido así tienes que repetir curso, no puedo llevarte conmigo.

–¡Pero...! ¡No ha sido mi culpa, paporris! ¡Es que «la tortuga» me tiene manía!

–Mujer, si la llamas «la tortuga», no me extraña que te tenga manía. Aunque dudo que su odio llegue hasta el extremo de suspenderte injustamente.

–¡Huy...! ¡No conoces a la «tortu», paporris! Es capaz de todo.

–En primer lugar, sí la conozco. Y me parece una buena profesora. Y en segundo lugar: no me llames «paporris» ¿quieres?

–¿Por qué?

–¿Cómo que por qué? ¡Porque no me gusta, caray! Llevo doce años diciéndotelo. Desde que aprendiste a hablar, más o menos. ¿No puedes llamarme «papi» o «papá»? Incluso «papuchi» suena más cariñoso. ¿De dónde demonios sacaste eso de «paporris»? ¡Es ridículo!

–No me acuerdo. Se lo debió de inventar mamá –susurró Elisa.

La mención de su mujer enturbió momentáneamente la mirada de don Roberto, pese a que se había propuesto no dejarse vencer nunca por la tristeza de su recuerdo delante de Elisa.

–Lo cual demuestra que tu madre tenía a veces ideas de astronauta –replicó sordamente–. Como cualquiera.

Elisa se dio cuenta de que su padre había bajado la guardia. Decidió contraatacar.

–Venga, papá... déjame ir contigo. Puedo seguir estudiando en esa colonia espacial a la que vas.

Don Roberto negó con firmeza.

–No, Elisa, no insistas. Esta vez no voy a una colonia sino a una estación espacial experimental. Un lugar realmente inhóspito. Allí no hay niños ni, por lo tanto, escuela. Si hubieras terminado tus estudios, sería otra cosa. Además, ya lo hemos hablado muchas veces: cuando se hace un trato, hay que cumplirlo. Yo estaba dispuesto a cumplir mi parte; pero tú no has cumplido la tuya.

–Ya, ya lo sé. Por eso te estoy haciendo la pelota tan descaradamente. Si hubiese aprobado no tendría que andar suplicándote.

Don Roberto sonrió. Estuvo a punto de ceder. Adoraba a su hija, y la idea de estar una larga temporada separado de ella le hacía sentirse desgraciado. Desgraciado y culpable.

–Es el último viaje, Elisa. Lo sabes bien. Firmé con la Agencia Espacial Europea por cinco misiones antes de que nacieras. Antes, incluso, de conocer a tu madre. Mil veces me he arrepentido. He procurado retrasar al máximo el compromiso pero ahora no tengo escapatoria: necesitan con urgencia un psicólogo cibernético y ninguno de mis compañeros está disponible. En esa estación hay noventa científicos de primerísima categoría llevando a cabo experimentos cruciales, y el ordenador central parece estar a punto de caer en una peligrosa depresión. No tengo más remedio que acudir. Pero es el último viaje. Después de este no nos separaremos más, te lo prometo.

Elisa suspiró con resignación.

–Está bien... ¿Cuánto tiempo va a ser esta vez?

–Supongo que podré resolver el problema en... veinte o treinta días. Los ordenadores de última generación son muy receptivos a las nuevas técnicas psicológicas, y con una terapia intensiva...

Elisa miró a su padre con dureza.

–Veinte o treinta días... más el viaje.

–Sí, claro, el viaje... Un día de ida y otro de vuelta.

–¡Vamos, papá, que no me chupo el dedo! –exclamó la joven–. ¿A quién quieres engañar? Para ti será un día de ida y otro de vuelta pero ¿cuánto tiempo terrestre supone eso? O sea ¿cuánto estaré realmente sin verte?

Don Roberto carraspeó antes de responder.

–No mucho. Menos que la última vez. La estación Baena-Seis está relativamente cerca. En total, unos... ¡ejem!... once meses.

Elisa se dejó caer de espaldas en el sofá con cara de fastidio.

–Once meses... A este paso, acabarás siendo más joven que yo. ¿Qué ocurrirá entonces? ¿No has oído hablar del síndrome de Dorian Gray?

Don Roberto se levantó del sillón, aspaventando.

–No digas barbaridades, Elisa, por favor. ¡El síndrome de Dorian Gray!... ¡Buoh! Eso son patrañas de escritores de novelitas de aventuras. Además, ya te he dicho que va a ser mi último viaje. O... al menos, mi último viaje solo. Si, más adelante, debo volver a marcharme, nos iremos juntos. Eso te lo prometo.

–Sí... como dos colegas ¿no? –replicó Elisa, ácidamente.

INFORME 1

Cuando en 2165 se realizó el primer viaje de ida y vuelta a la Tierra a velocidad cercana a la de la luz, se comprobó que las distorsiones del espacio-tiempo que Albert Einstein ya había previsto en sus teorías doscientos cincuenta años antes se cumplían a rajatabla.

Según la Teoría de la Relatividad Especial, formulada por Einstein en los primeros años del siglo XX, para viajeros que se moviesen a velocidades próximas a los trescientos mil kilómetros por segundo, el tiempo prácticamente tenía que detenerse, aunque prosiguiera a su ritmo normal para un observador en reposo. Como sucede con todas las teorías revolucionarias, fueron muchos los que dudaron de que aquel efecto previsto por el sabio alemán se produjera verdaderamente en condiciones reales.

Hubo que esperar hasta el primer tercio del siglo XXIII para obtener la confirmación total y absoluta de que sus suposiciones eran válidas en cualquier circunstancia.

Para entonces, la civilización nacida en la Tierra, tras colonizar lo más interesante del sistema solar, había salido a la búsqueda de nuevas fronteras en nuestro universo particular, la Vía Láctea. Al regreso de un fugaz viaje de ida y vuelta hasta las últimas colonias interestelares, situadas a casi diez años luz del sistema solar, se comprobó que los viajeros apenas habían envejecido. Para quienes les esperaban en la Tierra, por el contrario, habían transcurrido más de dos décadas.

Así, ya no había ningún obstáculo para que unos padres «viajeros» llegasen a ser más jóvenes que sus propios hijos, si estos preferían llevar una vida más sedentaria. Es lo que se había bautizado como «Efecto Dorian Gray». No se conocían casos reales pero, tras estudiar el fenómeno en el plano teórico desde todos los puntos de vista, se sospechaba que las consecuencias psicológicas para los afectados podían ser devastadoras.

Fin del INFORME 1

–Supongo que tendré que quedarme con tía Carlota, como las otras veces.

Dijo Elisa. Y es lo que don Roberto habría querido. En esta ocasión, sin embargo, todo parecía estar saliendo al revés de lo deseado.

–Esta vez, no. Tu tía Carlota ha conseguido un empleo en la estación orbital Alfa-Tres y no puede cuidar de ti.

–Oh –exclamó Elisa, poniendo una boca muy, muy redonda–. ¿Entonces?

–Mucho me temo que... tendrás que quedarte interna durante el próximo curso.

Elisa tardó unos instantes en asimilar la información.

–No fastidies... –dijo, por fin–. ¿Otra vez con las monjas saturnianas, como cuando tenía ocho años? No me digas que tendré que volver a vestirme con aquellos horribles uniformes de color verde eléctrico y hacer colectas para las misiones en Ganímedes.

–No, Elisa. Efectivamente, ya eres demasiado mayor para volver a ese colegio.

–Ah, bien. ¿Entonces...?

–Verás: un amigo mío de la Agencia Espacial Europea me ha hablado muy bien de cierto internado. El colegio «Gagarin», creo que se llama.

–¿«Gagarin»? –repitió Elisa con dificultad y un puntito de asco–. ¿Qué clase de nombre es ese? Suena fatal...

–Era el apellido del primer cosmonauta terrestre. Un ruso.

–Ah, ya... cosas del siglo XX ¿no? ¡Por favor...! Hay que ver el cariño que le tenéis los carrozas a la prehistoria. ¡Bueno! ¿Y dónde está ese colegio ruso, si puede saberse? Espero que no hayas pensado enviarme a Siberia. Ya sabes lo friolera que soy yo.

–No, mujer, qué cosas tienes. Es un colegio estupendo; y, de ruso, solo tiene el nombre. Se trata de un centro de la Fundación ABM. Y está en la zona más tranquila de... Marte.

Elisa abrió unos ojos como panderetas.

–¿Quéee...? ¿En Marte? ¡Será una broma!

–Pues... no. No es broma, no. En Marte. Así dejarás de quejarte porque nunca te saco de la Tierra y ni siquiera conoces la Luna. ¡Je!

–Papá...

–Además, como en esta época del año Marte está de camino a Baena-Seis, podremos hacer juntos la primera parte del viaje. Así estaremos separados casi quince días menos.

–Fantástico... –dijo Elisa sin el menor entusiasmo.

Marte. Martes, 13 de septiembre

Yuri Gagarin

–Fantástico... –dijo Elisa, en un tono claramente sarcástico al contemplar por vez primera el que iba a ser su hogar durante los siguientes once meses.

–Mujer, no hay que fiarse de las apariencias –recomendó don Roberto, con un hilo de voz, tan impresionado como su hija por el aspecto del colegio «Gagarin».

Habían hecho el viaje hasta Marte en vuelo regular de Iberia, que despegó del centro espacial de Barajas-Torrejón con hora y media de retraso debido a una huelga del personal y a las interminables obras de la tercera torre de lanzamiento.

Catorce días y nueve horas más tarde aterrizaban en Nuevo París, que durante aquel bienio desarrollaba funciones de capital de la Unión del Hemisferio Norte Marciano.

Don Roberto disponía de muy poco tiempo si no quería perder la lanzadera de Titán, que les permitiría enlazar después con el Correo de las Colonias. Y el comienzo del curso escolar también se les había echado encima, de modo que, apenas pusieron el pie en el planeta rojo, empezaron a buscar el modo más rápido de llegar hasta el «Gagarin», situado doscientos cincuenta kilómetros al sur de la ciudad.

Primero, padre e hija intentaron hacer el trayecto en taxi pero, al mostrarles la tarjeta con las coordenadas que indicaban su situación, en el fondo del Tramo Medio del Tercer Canal, todos los pilotos torcían el gesto.

–«Debe de tratarse de un error».

–«Allí no hay nada».

–«Está muy lejos de las bases habitadas».

–«Demasiado inhóspito».

Fueron algunas de las respuestas.

Ante la consternación de don Roberto, algunos taxistas hablaron incluso de «Territorio salvaje».

Por fin, tras una docena de negativas, viendo que el tiempo se les echaba encima, el padre de Elisa decidió alquilar dos potentes motos ingrávidas y llegar así por sus propios medios hasta el «Gagarin».

Elisa, naturalmente, se mostró encantada con la idea. No solo le chiflaban las motos sino que, además, era una buena conductora para su edad. Había aprendido a pilotar muy joven y lo hacía de modo natural, calculando a ojo la trayectoria y las inercias, sin tener que ayudarse constantemente de los instrumentos de navegación, como le ocurría a la gente de la edad de su padre.

Y el sueño de todo motorista terrestre era conducir una moto potente en Marte, Venus o en alguno de los satélites habitados, donde la menor fuerza de gravedad convertía la experiencia en una verdadera delicia.

–¡Qué maravilla! –había gritado Elisa, al tiempo que llevaba el acelerador hasta la zona roja.

–¿No puedes ir un poco más deprisa?

–¡Pero si ya voy a tope, papá!

–¡Ya, ya! Por eso lo digo. Pero ya veo que no has cazado la indirecta.

–¡Pistaaa...!

Desde Nuevo París hasta el Tercer Canal era preciso atravesar el desierto helado de los Escollos, donde Elisa y su padre aceleraron las motos hasta su máxima velocidad. Al llegar a los trescientos cincuenta kilómetros por hora, circulando prácticamente a ras de suelo, don Roberto pudo escuchar la risa suave, ligeramente nerviosa, de Elisa a través de los comunicadores de su escafandra.

–Casi no puedo seguirte, hija –le advirtió–. Mi moto no da más de sí... y yo tampoco, la verdad. Siempre me he tenido por un buen piloto pero creo que ya me ganas. Veo venir los obstáculos demasiado deprisa. Voy a elevarme unos metros.

–¡Je! Impresiona ¿eh, paporris?

–Al menos a mí, sí. Tú puedes seguir a ras de suelo, si quieres.

–Desde luego. Supongo que es lo más emocionante que tendré ocasión de hacer en los próximos once meses.

–Y no me llames paporris.

–Bueeeno.

En esa región, el Tercer Canal era una impresionante grieta en el terreno, de unos tres kilómetros de ancho y casi veinte de profundidad. A aquella velocidad, zambullirse en busca del fondo era una arriesgada maniobra que Elisa realizó a la perfección, mientras dejaba escapar un grito suave y prolongado. Luego, siguió avanzando a toda marcha, devanando los pronunciados meandros que describía el canal, en una conducción espeluznante, que incluyó varias «tumbadas» bestiales, al límite de lo sensato.

Fue al recuperarse de la última de ellas cuando descubrió ante sí una siniestra silueta que, en muy pocos segundos, se convirtió en el contorno de una construcción colosal.

Elisa accionó de inmediato los frenos de su vehículo, que se detuvo sin excesivas vibraciones apenas medio kilómetro más adelante.

–Galaxias...

Murmuró Elisa al verse ante el «Gagarin».

Y lo primero que pensó sobre su nuevo colegio fue que presentaba un aspecto sobrecogedor.

INFORME 2

La «Komsomol» fue durante siete años el orgullo de la Compañía Espacial Kislin. Una de las mayores naves de transporte del universo conocido. Cada una de sus seis bodegas cilíndricas de carga tenía las dimensiones suficientes como para albergar en su interior una colonia espacial de tamaño medio, al completo. La puesta en servicio de la nave supuso una pequeña revolución en el transporte sideral de la época, al que la «Komsomol» abrió un buen puñado de nuevas posibilidades.

Sin embargo, el descomunal tamaño del navío, su principal cualidad, representaba también su mayor inconveniente, originando considerables dificultades de propulsión y, sobre todo, de navegación derivadas de su irregular reparto de masas cuando se hallaba a plena carga.

Aunque hubo muchos que auguraron lo peor desde el primer momento, el comandante Spassky, a quien la compañía Kislin contrató –con un sueldo comparable al tamaño de su responsabilidad– para dirigir la «Komsomol», logró llevarla a buen puerto en diecinueve ocasiones.

En su vigésima misión, sin embargo, sobrevino la tragedia.

Tras una travesía sin incidentes que había tenido su origen en la órbita de Caronte, durante la maniobra de deceleración hacia Marte, la nave entró en un cabeceo imparable tras sufrir la atracción de Fobos, el mayor de los satélites del planeta.

Durante horas, Spassky trató de evitar, sin resultado, que su nave quedase atrapada por la gravedad marciana. Al fin, descontrolada, la «Komsomol» se precipitó contra la superficie del planeta rojo. Su comandante logró amortiguar el impacto realizando un arriesgado pero magistral «amartizaje» forzoso en el fondo del Tercer Canal, evitando así la destrucción total de la astronave que, eso sí, quedó totalmente inservible para el servicio e imposibilitada para remontar el vuelo nunca más.

Tras ser trasvasada la carga a otras naves, la «Komsomol» fue abandonada. Y allí habría permanecido hasta convertirse en polvo de no ser porque, un cuarto de siglo más tarde, sus restos fueron adquiridos a la Compañía Kislin por la empresa ABM con la intención de ubicar en su interior un colegio para hijos de empleados destinados en Marte.

Las últimas reticencias de la compañía rusa hacia la venta de la nave se solventaron con la promesa del comprador de bautizar al nuevo centro con el nombre de «Yuri Gagarin».

Fin del INFORME 2

Casi treinta años de soportar las inclemencias del clima marciano y la fuerza de gravedad del planeta, habían actuado muy agresivamente sobre una nave concebida para surcar el vacío interestelar. De su color original no quedaba absolutamente nada. Por el contrario, el polvo gris rojizo característico de la superficie marciana se había enseñoreado de la superestructura hasta casi mimetizarla con el entorno.

La imagen del coloso caído resultaba escalofriante.

Contemplándola, Elisa cerró el impulsor de su moto y descendió suavemente hasta posarse en el suelo y allí esperó a su padre.

–Fantástico, papá...

Don Roberto, que llegaba en ese momento junto a su hija, sonrió de circunstancias.

–Bueno, bueno, Elisa, no hay que fiarse de las apariencias... por muy malas que sean.

–Desde luego, estas son malísimas.

–Ya verás cómo no es para tanto. Lo único que ocurre es que una nave así está diseñada para surcar el espacio, no para yacer medio despanzurrada en el fondo de un canal de Marte. Por eso hace tan mal efecto.

–¡Ah! Será eso.

El módulo principal de la «Komsomol» tenía la forma de un comprimido de aspirina del grosor equivalente a la altura de un edificio de diez plantas. La mayor parte de la nave, sin embargo, la constituían las seis descomunales bodegas cilíndricas de carga, cuyo tamaño respecto al módulo principal podía compararse, justamente, al de un tubo de aspirina respecto a un solo comprimido.

Desde luego, impresionaba se mirase por donde se mirase.

Wendy Darling

–Hola. Me llamo Elisa. Elisa Lozano.

–Un nombre curioso. Bienvenida al «Gagarin», Elisa Lozano. Yo soy Wendy Darling. Puedes llamarme Uvedoble, si quieres.

Elisa miró con cierta sorna a su compañera de cuarto.

–¿Wendy Darling? ¿Lo dices en serio?

–Sí, ese es mi nombre. ¿Qué ocurre?

–Pues... ¡Je! Me imagino que... habrás leído *Peter Pan* cientos de veces ¿no?

–¿Peter Pan? ¿Qué es eso?

Elisa parpadeó.

–Pues... un cuento que... ¿de veras no lo conoces?

–No. ¿Por qué?

–Por nada, por nada...

–Tu cama es esa, junto a la escotilla. Y ese es tu armario. Por cierto, ¿de dónde eres?

Elisa se sentía un poco aturdida. Estuvo a punto de responder a la pregunta con el nombre de su pueblo pero se percató a tiempo de que eso, seguramente, no significaba nada allí, en mitad del Tercer Canal de Marte.

–Soy de... Europa.

Dijo, simplemente.

–¿Europa? ¿El satélite de Júpiter?

–¿Cómo? Ah, no, no... De Europa de la Tierra.

La compañera de habitación de Elisa abrió de par en par sus grandes ojos redondos, luminosos, de un color dorado casi imposible.

–¡Hey! –exclamó, de pronto–. ¿Eres europea de verdad? ¿De la vieja madre Europa?

–Pues... sí.

–¡Galaxias, qué global! Había conocido a algunos terrestres pero no de Europa. De... de Áfrico.

–África.

–Eso es. Gente de piel oscura.

–Sí. En Asia y en África hay mucha gente. En cambio, quedamos muy pocos europeos. Y aún menos, de piel blanca.

–Yo nací en la Luna –dijo Uvedoble, con un puntito de orgullo en la voz–, así que soy casi terrestre. Supongo que por eso nos han puesto juntas.

Elisa frunció el ceño al instante.

–Espera un momento –dijo–. No querrás decirme con eso que aquí... no hay más alumnos terrestres.

–Ni uno solo. El «Gagarin» es un colegio internacional. Muy internacional.

La noticia desconcertó a Elisa, que intentó bromear.

–Vaya faena... ¡Y yo que esperaba encontrar aquí al chico de mis sueños...!

–Olvídalo. Lo más probable es que encuentres al chico de tus pesadillas. Aunque, si lo que quieres es ligar sin más, estás de suerte. Podrás escoger. Incluso hay varios calistanos.

–¡Calistanos! ¿Son tan guapos como dicen?

–¿Guapos? Guapos es poco. ¡Impresionantes! –exclamó Wendy echándose a reír.

Señor Euc

–Buenos días, jóvenes. Soy el señor Euc, su tutor durante este curso, además de su profesor de Física. Como todos los años, comenzaremos por realizar una pequeña prueba escrita para poder evaluar su nivel de conocimientos. Desplieguen las pantallas de sus ordenadores, por favor.

El señor Euc era un tipo grandísimo. Una especie de gigante de cuento, completamente calvo y con la piel de un suave tono azulado. Para Elisa, sin embargo, Euc parecía un tipo casi normal al lado de la mayoría de los alumnos.

–¿Tú ya sabías esto, Uvedoble?

–¿Lo del examen sorpresa?

–No. Lo de nuestros compañeros.

Uvedoble rió por lo bajo.

–Son raros ¿verdad?

INFORME 3

En realidad, todos los habitantes del universo conocido eran descendientes de humanos. Los hombres todavía no se habían encontrado con otras razas que pudieran considerarse inteligentes y, además, ahora se tenía la certeza de que pasarían muchos años, tal vez siglos, antes de que la humanidad se alejase lo suficiente del sistema solar como para tropezarse con individuos de civilizaciones siquiera remotamente parecidas a la terrestre. Sin embargo, la reproducción en circunstancias extraordinarias de gravedad, radiaciones de diverso tipo, períodos de endogamia y otras muchas, habían multiplicado las razas humanas. Un buen observador podía distinguir sin problemas a los naturales de cada uno de los mundos colonizados del sistema solar.

Fin del INFORME 3

–Tienen una hora universal para realizar la prueba –anunció el señor Euc–. Y el tiempo comienza... ¡ahora!

Elisa y el resto de los alumnos oprimieron el «SÍ» en sus teclados y en las pantallas individuales apareció el texto de la primera pregunta.

–¿Qué demonios es esto?

Se preguntó Elisa en voz muy baja, tras leer el enunciado.

Debía de tratarse de un error. El problema versaba sobre corrientes alternas, osciladores láser y posiciones estelares relativas. O sea, chino mandarino.

Pasó a la segunda pregunta. Era un problema sobre asteroides. Bueno, eso era otra cosa, más habitual. Te daban la masa y la trayectoria de un pedrusco gordísimo que se dirigía hacia la órbita terrestre y había que calcular si atravesaría la atmósfera o saldría rebotado y, en el primero de los casos, la cantidad de energía que supondría el impacto, además del tiempo máximo de que se disponía para evacuar el planeta.

Lo malo, en este caso, era que los cálculos debían realizarse sobre la órbita de Urano.

–Esto es imposible.

Se dijo Elisa, pasando página.

«Tercera pregunta: establece el inicio de un programa que permita a un androide de sexta generación bailar la rumba. Utiliza lenguaje Cugat Avanzado.»

Elisa, que en Cugat Avanzado no sabía ni saludar, miró a su alrededor. Cada vez más perpleja, comprobó que todos sus compañeros aporreaban sus teclados como desesperados. Como si les fuera a faltar tiempo para volcar en aquella prueba todos sus conocimientos.

«Cuarta pregunta: calcula la distorsión temporal que sufrirá un viajero espacial al realizar un desplazamiento hasta Plutón con tres escalas intermedias...»

Elisa dejó de leer. Pensó en su padre como sujeto de un problema de astrofísica relativista y hasta se puso de mal genio.

–No puede ser –pensó Elisa–. Estos problemas no pueden corresponder a Quinto de Primordiales. Tiene que haber un error.

Pero, entonces... ¿por qué ninguno de sus compañeros parecía tan desconcertado como ella? Allí ocurría algo raro.

Ya que no tenía posibilidad de contestar a ninguna de las preguntas propuestas, Elisa decidió iniciar una estrategia distinta. Pidió al ordenador una confirmación de prueba mientras volvía a deslizar una mirada a su alrededor. Incluso Uvedoble escribía las respuestas con aparente tranquilidad. Al prestar atención de nuevo a su pantalla, Elisa se encontró de repente con un mensaje que había sustituido a la plantilla del examen:

«Compruebe referencia de prueba: 0999CGM589364».

Elisa comprobó la referencia. Era correcta. No esperaba otra cosa, realmente. Sin embargo, para entonces ya había desarrollado un plan.

Escribió «NO ES CORRECTA».

El sistema, entonces, le pidió que escribiese su referencia.

Elisa escribió 0999CGM que, dedujo, correspondían a las siglas de colegio «Gagarin» de Marte. Luego, añadió un número de seis cifras al azar.

–A ver qué pasa –murmuró con una sonrisa.

El ordenador inició de inmediato un proceso de comprobación general durante el cual se hicieron visibles en su pantalla, durante unos pocos segundos, los datos personales de Elisa, incluidos su nombre y apellidos. La chica intentó un volcado de pantalla pero la impresora no obedeció a su orden.

–Maldita sea...

Gruñó Elisa mientras nuevos datos de todo tipo sustituían a los anteriores. Probó a interrumpir el proceso pero la orden de «pausa» solo funcionaba mientras se mantenía oprimida la tecla.

–Algo es algo...

De pronto, apenas durante un instante, una palabra apareció en el ángulo superior derecho de la pantalla. Tenía todo el aspecto de ser una clave personal. Elisa oprimió la tecla e interrumpió el proceso.

«Arreit130 2535euzol».

Leyó la clave varias veces, para aprendérsela de memoria.

–¿Qué ocurre, Lozano?

Elisa alzó la vista. El señor Euc la miraba desde su mesa de control donde, sin duda, debía de haberse encendido algún piloto de alarma. La terrestre puso su mejor cara de inocencia mientras soltaba la tecla de «pausa».

–No, nada. Le he pedido al ordenador que comprobase el contenido de mi examen, profesor Euc.

–¿Por qué?

–Creo que hay un error. No corresponde a mi nivel.

Euc afiló la mirada.

–Esto no es un examen, sino una prueba de control para conocer sus aptitudes. El examen es correcto. Espere a que aparezca de nuevo el texto en su pantalla y responda solo a las preguntas que sepa.

–Ah. Bien, profesor.

«Que te crees tú eso», pensó Elisa mientras oprimía disimuladamente, una tras otra, las teclas de función.

Supuso que, mientras el ordenador se encontrase realizando comprobaciones, su puesto podía ser utilizado como terminal activa y entrar desde él en el sistema operativo; lo que algunos denominaban «entorno-interno».

Así fue. Funcionó con la tecla F7.

–Bien. Estoy dentro –susurró Elisa.

«Hola, entorno» –tecleó Elisa.

«¿Qué ocurre, 26?» –escribió el ordenador en la pantalla.

«Existe un error en los puestos de examen» –respondió Elisa, escribiendo a toda prisa.

«Describa el error.»

Elisa lanzó una distraída mirada a su alrededor. La asignación de puestos era simple. Ella se encontraba en la segunda mesa de la séptima fila. Cada fila constaba de seis puestos. Si el ordenador la había identificado como 26, parecía claro que la asignación se hacía por orden, de abajo arriba y de izquierda a derecha. Miró a sus compañeros. El tercero de la tercera fila parecía haber acabado ya la prueba y sonreía satisfecho. Era uno de esos habitantes de Calisto de los que había hablado Uvedoble. Tan guapo, tan guapo, tan guapo..., que casi resultaba incómodo mirarlo. Elisa nunca había visto un calistano en persona. Tuvo que reconocer que poseía un atractivo insultante y molesto. Y sintió un cosquilleo de placer al escogerlo como víctima.

«Se han intercambiado los ocupantes de los puestos 15 y 26» –escribió.

«¿Debo corregir el error?» –preguntó la máquina.

«Corregir.»

«¿Está seguro?»

«Sí.»

«Corregido el error.»

«Debes eliminar todo rastro de esta operación. Quiero salir del entorno. Debes devolver el puesto 26 a situación de terminal pasivo.»

Cuando en su pantalla apareció de nuevo el texto de la prueba, bajo cada una de las preguntas aparecía una completa y precisa respuesta. La elección de su compañero número 15 había resultado de lo más acertada.

No hay lugar como la Tierra

–¿Qué tal la prueba, Uvedoble?

–Terriblemente fatal de lo peor, por supuesto –reconoció la selenita con toda tranquilidad–. Creo que he contestado a cuatro de las veinte preguntas. O sea, suspenso total y definitivo.

–No te veo muy afectada.

–¡Anda, chica! ¿Me voy a disgustar yo por esto? ¡Qué dices! Llevo tres años en el «Gagarin» y ya sé que estas pruebas de principio de curso son una merienda de marcianos, nunca mejor dicho. Supongo que las ponen para descubrir si les ha tocado en suerte algún portento. Ya sabes: un superdotado, un mutante, alguna cosa de esas. Las clases son diferentes, ya lo verás. Durillas, pero sin pasarse. ¿Y tú? ¿Qué tal lo has hecho?

Elisa se había quedado pensativa y tardó en responder.

–¿Eh? Ah... bien. Quiero decir, mal.

–¿En qué quedamos?

La terrestre sonrió y, en voz baja, fue poniendo a su nueva amiga al corriente de su estratagema. La sorpresa fue creciendo en el rostro de Uvedoble conforme Elisa se explicaba.

–¡Ostras, tía! –exclamó al final–. ¡Has hecho trampa! ¡Les has engañado! ¡Fantástico! No sé de nadie que lo haya conseguido.

–Querrás decir que nadie lo había intentado hasta ahora. Porque estaba chupado.

–¿Chupado? ¿Qué es chupado?

–Facilísimo.

–Ah, bien. Chupado. Tomo nota. ¿Y dices que estaba chupado?

–Del todo. El ordenador que tienen aquí es una antigualla. No me extrañaría que fuese de principios del siglo veintiuno.

–¡Fo! La prehistoria. ¿No?

–No, Uvedoble. La prehistoria es el siglo veinte. El veintiuno es maricastaña.

–¡Huy, qué gracia! Maricastaña ¿eh? Tomo nota. Oye, ¿de dónde sacas esas cosas? Ya sabes: chupado, maricastaña...

Elisa parpadeó un par de veces.

–Pues... no sé. Lo decían en mi antiguo colegio. En la Tierra. O eso creo.

A Elisa se le ensombreció la mirada al mencionar su planeta.

–Debe de ser bonita, la Tierra.

–Mucho –musitó Elisa, sintiendo que le faltaba el aire–. Los prehistóricos y los maricastañas estuvieron a punto de acabar con ella, pero desde hace unos cien años casi ha vuelto a ser la que era. ¿No has estado nunca?

–No. Espero visitarla alguna vez.

–No dejes de hacerlo. No hay lugar como la Tierra,

Uvedoble. Te lo aseguro. Y cuando vengas, ya sabes que puedes alojarte en mi casa.

Uvedoble parpadeó un par de veces.

–¿Tu... casa?

–Claro, mi casa. Desde que mi madre murió vivimos solos mi padre y yo. Hay sitio para invitados.

El rostro de la selenita seguía mostrando una universal expresión de sorpresa.

–Me estás diciendo que... vives con tu padre –afirmó interrogativamente, casi silabeando las cuatro últimas palabras.

–Sí, en efecto. ¿Qué ocurre? No es nada raro.

Wendy tardó en proseguir. Lo hizo torciendo la boca.

–En el «Gagarin» sí lo es. Aquí nadie tiene padres, que yo sepa. Es un colegio para chicos y chicas sin familia.

Miércoles, 14 de septiembre

Bazofia

Como la «Komsomol», durante los años en que estuvo en activo, apenas necesitaba tripulación, solo disponía de un pequeño comedor que, al parecer, ahora era el utilizado por los profesores. Para el alumnado se había habilitado una de las enormes salas del sistema de impulsión, ya totalmente inútil.

Cuando Elisa y Uvedoble llegaron, la totalidad de las mesas estaban ya ocupadas y fueron muchísimas las miradas que las siguieron hasta que lograron encontrar dos sitios libres.

–¿Qué pasa? –susurró la terrestre–. ¿Por qué nos mira todo el mundo?

–No nos miran. Te miran –aclaró Wendy Darling–. A mí me tienen más vista que a la Osa Mayor. Pero tú eres toda una atracción. Ya se ha corrido la voz de que vienes de la Tierra. Prepárate para la fama, chica.

Apenas se sentaron a la mesa, como si las hubieran estado esperando solo a ellas, se dio la señal de empezar. Mil cucharas se hundieron a la vez en mil cuencos de alimento líquido.

–Siempre he odiado las sopas, pero desde luego, esta se lleva el primer puesto. Es horrible... –murmuró Elisa, torciendo la boca, tras los primeros sorbos–. ¿Con qué demonios estará hecha?

Uvedoble se encogió de hombros.

–Hace tiempo que he dejado de preguntármelo. Y creo que los demás también.

Elisa miró disimuladamente a su alrededor y sintió que se le erizaba el vello de los brazos. El silencio era casi absoluto. Apenas se escuchaba un tenue murmullo líquido, como el discurrir de un río, suma del levísimo chapoteo de mil bocas tragando cucharada tras cucharada.

–¿Qué pasa aquí, Uvedoble?

La selenita alzó hacia ella una mirada interrogativa.

–¿Qué pasa con qué? –susurró.

Elisa seguía lanzando miradas a su alrededor, como si no pudiese creer lo que veía.

–¿Por qué nadie protesta? –continuó, de pronto–. La comida es un asco y nadie se queja. No veo malas caras. Todo el mundo... se la come sin rechistar.

–Bueno... quizá les guste.

–¿A todos? Aparentemente, hay aquí chavales de las cuatro esquinas del sistema solar. ¿Y a la única que le repugna esta sopa es a mí? No puedo creerlo. Resulta estadísticamente imposible.

–¿Estadistiqué?

Elisa le dio su ración de sopa al vecino de al lado, un chico de pies grandes, cabeza grande y cuerpo pequeño, que se mostró encantado de poder repetir.

Con el estómago de Elisa gruñendo como un oso, llegó el segundo plato, una especie de puré de color gris, con tropezones cartilaginosos de un gris algo más oscuro. Elisa lo contempló con horror.

–¿Qué clase de... bazofia es esta? –gruñó.

–¿Bazofia?

Elisa susurró al oído de su compañera uno de los muchos sinónimos de bazofia.

–¡Ah, ya...! Bazofia especial «Gagarin» –aclaró Uvedoble, riendo–. Tranquila. No hace falta que te la comas, si no quieres. Ya somos mayores y no nos obligan.

–¡Vaya, muy bien! ¿Y qué hago para calmar el hambre? Porque no creo que aquí dentro haya una pizzería en condiciones.

–No sé qué es eso, pero puedes jugarte las coletas a que no.

Elisa alzó el brazo derecho para llamar la atención del encargado del comedor.

–¿Qué haces? –preguntó Wendy.

–Voy a presentar una reclamación. Seguro que a mi padre le cuesta mucho dinero tenerme en este lugar como para que yo acepte comer este... potaje de residuos industriales.

–Déjalo, mujer –dijo Wendy, sensiblemente incómoda–. Es tu primer día aquí. No la líes más o cogerás mala fama.

–La mala fama me importa un rábano. Creo que es más importante dejar claro desde el principio que no voy a consentir que me den basura para comer.

–Bueno, bueno, como tú quieras. Por cierto... ¿qué es un rábano?

Se acercó uno de los camareros. Tenía aspecto terrestre. Algo siniestro pero terrestre.

–¿Qué sucede, niña? –preguntó el hombre.

–La comida es una porquería. Quiero ver al encargado del comedor.

Señor Octavius

–Así que no te gusta nuestra comida ¿eh, Lozano?

–No, señor. Ni pizca.

El encargado del comedor, que se hacía llamar señor Octavius, era un tipo fuerte y moreno, de rostro parapetado tras un increíble bigote. Se esforzaba por hablar el idioma universal, aunque lo hacía con un pavoroso acento marciano.

–El menú está hecho de acuerdo con los gustos de la mayoría de los alumnos.

–Si su colegio tiene categoría intersideral, deben ofrecer, al menos, un menú alternativo. Es la ley. Por otra parte, no puedo creer que a la mayoría de los alumnos les encante la bazofia.

–¿Bazofia?

–Mire, señor Octavius: he pasado por varios internados y me conozco el percal.

–¿Percal?

–Si el primer día de clase nos da usted para comer sopa de piedras y un puré que parece grasa de litio, no quiero ni pensar lo que tendremos que tragar dentro de un mes, cuando ya haya cogido confianza.

–Te garantizo que los menús se confeccionan siguiendo los gustos manifestados por nuestros alumnos en la encuesta de ingreso en el colegio.

–¡Ah, sí! La encuesta aquella. Ya recuerdo. Yo dije que me gustaban las borrajas con patata y la merluza a la koskera.

Octavius tecleó una instrucción en su ordenador de antebrazo y asintió.

–Sí, ya veo... pero, aun dejando a un lado el pequeño detalle de que nuestro cocinero ignora en qué consisten esos platos, fue usted la única alumna en solicitarlos.

–Me importa un bledo.

–¿Bledo?

–No pienso comer marranadas sintéticas. Quiero comida de verdad.

–Comprenderá que no podemos hacer un menú especial solo para usted.

–¡Anda! ¿Y por qué no?

–Pues...

–Además, no se trata solo de mí. Mi compañera de habitación también se apunta a la merluza.

Octavius se atusó el bigotazo.

–Lo siento, Lozano. El menú tiene que ser igual para todos.

–¿Ah, sí? Pues me voy.

–¿Cómo?

–Que me largo. Me vuelvo a mi casa, en la Tierra. Pero antes haré una escala en Nuevo París, donde contaré a todo el que quiera oírme que en el colegio «Gagarin» dan de comer a sus alumnos lubricante industrial. Les voy a hundir, se lo garantizo.

–¡Ejem...! ¿Hundir?

Nadie como tú

Uvedoble paseaba por la habitación como una pantera enjaulada.

–¡La que has armado, tía! ¡Si sigues así nos vamos a hacer famosas! Y hacerse famosa tiene sus ventajas. Pero también sus inconvenientes, te lo advierto.

Elisa se había tumbado en la cama y miraba atentamente el techo del camarote.

–¿Estás enfadada? –preguntó, de pronto.

–¿Que si estoy enfadada? ¿Que si estoy enfadada? –se preguntó la selenita–. ¡No lo sé! Lo que sí sé es que nunca he conocido a alguien como tú.

Elisa sonrió.

–¿Y cómo soy yo?

–Pues... rara. Muy rara, tía. Seguro que eres la primera alumna del «Gagarin» que se atreve a protestar por la comida el primer día de clase. Bueno, el primer día de clase o cualquier otro día.

–Sí. Eso parece. ¿Y no crees que eso es lo verdaderamente extraño?

Los dorados ojos de Uvedoble parpadearon varias veces.

–¿Qué quieres decir?

Elisa se incorporó y lanzó en torno a sí una mirada que terminó en el rostro de su compañera de cuarto.

–¿Qué te parece si salimos a dar una vuelta y, de paso, me enseñas el colegio, Uvedoble? –dijo, conduciéndola por el brazo hasta la puerta.

–Bueno...

El príncipe de Dinamarca

Desde la quinta planta, en la que se encontraba su habitación, subieron a la séptima. Luego, fueron caminando hasta el centro del enorme comprimido de aspirina que era el módulo principal de la «Komsomol», en donde se abría un hueco circular, de más de cincuenta metros de diámetro, que comunicaba las diez plantas del colegio, a modo de gigantesco patio de escalera.

–Es impresionante –dijo Elisa asomándose al vacío.

–Los alumnos podemos movernos con entera libertad por cinco de los diez pisos. Del tercero al séptimo. Las habitaciones están en las plantas quinta y sexta. La cuarta y la séptima son las zonas de ocio: hay cines virtuales, un par de cafeterías, salas de juegos, la biblioteca, la discoteca y varias cosas más. La tercera planta es la planta deportiva. Hay pistas para practicar más de veinte deportes, dos gimnasios y tres piscinas. A las plantas segunda, octava y novena se puede acceder por causas justificadas y previa identificación. Allí están las aulas de clases, las de exámenes, los laboratorios y el resto de las instalaciones educativas: simuladores espaciales, un galaxiario, un reconstructor histórico... En la segunda están también las dependencias administrativas, el comedor y el salón de actos. Las únicas plantas totalmente prohibidas a los alumnos son la primera y la última.

–¿Qué hay en ellas?

–En la primera está la central de energía, con el reactor de fusión, además de los archivos, los almacenes, la lavandería, la sala del ordenador central, la unidad de seguridad... Y el décimo piso es la residencia de los profesores. Por cierto, que a mí, particularmente, me parece una torpeza.

Elisa se había acodado en la barandilla del hueco central y examinaba con atención cuanto se hallaba al alcance de su vista.

–¿Una torpeza? ¿El qué? –preguntó distraídamente.

–Que las dos plantas restringidas estén en los extremos opuestos. Si las hubieran colocado consecutivamente, primera y segunda, por ejemplo, sería mucho más fácil de controlar el acceso. De este modo, tienen que duplicar las medidas de seguridad.

Elisa miró a su compañera y sonrió.

–Aparentemente, sí. Sin embargo, es lo más razonable.

–¿Por qué?

–Al reconvertir en edificio una nave espacial, no pudieron elegir la ubicación de ciertos elementos. El reactor nuclear, por ejemplo, está donde lo llevaba la «Komsomol» en origen: en el primer nivel. Eso no hay quien lo cambie. Por supuesto, podrían haber situado las habitaciones de los profesores en el segundo nivel pero... a nadie le gusta dormir justo encima de un reactor nuclear, aunque sea de fusión fría. Además, las plantas inferiores son muchísimo más accesibles. Si te fijas, desde aquí no resulta difícil saltar al piso de abajo.

–¿Saltar? –preguntó una atemorizada Wendy–. ¿De qué hablas?

Elisa señaló disimuladamente hacia sus pies.

–Imagínate que quieres bajar desde aquí a la sexta planta sin usar escaleras. Pues bien: pasas la barandilla, te descuelgas agarrada a esos soportes, te balanceas ligeramente y... saltas sobre el suelo del nivel inferior.

Wendy rió escépticamente.

–Muy fácil de contar. Pero hay más de tres metros de caída.

–No es problema. Con la gravedad de Marte, casi no hay peligro ni de torcerse un tobillo.

–Eso será para los terrestres, que tenéis los huesos más duros que el titanio –dijo Wendy–. Si yo me tiro desde aquí al piso de abajo, me rompo las dos piernas.

Elisa sonrió.

–Tal vez. La cuestión es que, saltando de un piso a otro por este hueco central, yo podría llegar sin problemas hasta la primera planta. El nivel prohibido.

Uvedoble miró a Elisa con preocupación.

–No sé lo que insinúas, pero no me gusta ni un pelo.

Elisa rió suavemente.

–No insinúo nada, Wendy. Solo estaba pensando en voz alta.

La selenita permaneció unos segundos en silencio, observando a su amiga terrestre.

–¿Sabes? Eres una chica muy extraña.

–¿Yo? ¿Te parezco extraña? –rió Elisa. Y, de pronto, quedó completamente seria–. Lo que es extraño es este maldito lugar...

–¿Por qué?

–Es difícil de explicar, Uvedoble. Hay varias cosas... La comida, por ejemplo.

–Ya, ya me lo has dicho.

–No acabas de entenderlo, Uvedoble. En ese comedor todos se metían esa bazofia gris entre pecho y espalda sin decir ni Pamplona.

–¿Pam... plona?

–Todos parecían conformes. Todos menos yo, claro. Chica, no había visto nada igual en mi vida.

Wendy había fruncido el ceño.

–Puede que tengas razón. Aunque hay algo que me desconcierta.

–¿Qué es?

–Que... también a mí me gusta esa bazofia gris.

Leningrado

Elisa y Wendy bajaron al cuarto nivel en los ascensores y caminaron luego hacia la zona más exterior de la enorme aspirina. El constante trasiego de gente resultaba irritante para Elisa. Aunque las dimensiones de la «Komsomol» eran más que considerables, no bastaban para contener una población permanente de casi cinco mil quinientas personas entre alumnos, personal docente, de mantenimiento y de seguridad. Quizá sí desde la óptica de un habitante de las colonias, acostumbrado a las estrecheces artificiales. Pero no para quien venía de los grandes espacios de la Tierra, cuya población había descendido en las últimas décadas al nivel de mediados del siglo xx, por debajo de los cinco mil millones de habitantes.

–¿Por qué no vamos a la «disco»? El precio de un vaso de agua es el mismo que en las cafeterías y está más animada.

Elisa aceptó sin mucho entusiasmo y siguió los pasos de su compañera de cuarto.

La discoteca de cuarto nivel se llamaba «Leningrado», nombre al que ninguno de sus numerosos visitantes era capaz de dar interpretación alguna.

Cuando estaban a punto de entrar en el ruidosísimo local, Elisa señaló unas grandes puertas redondas con aspecto de escotillas, provistas de un timón central para el accionamiento de los pestillos de seguridad.

–Eran accesos a las zonas de carga de la primitiva nave –explicó Wendy.

–¿Qué hay ahora detrás de esas puertas? –quiso saber Elisa.

–Creo que nada.

–¿Nada? –preguntó Elisa con tono incrédulo.

–Quiero decir que... por supuesto, las bodegas de carga de la «Komsomol» siguen ahí detrás, claro, pero si no se utilizan, si no forman parte del colegio... es como si no hubiera nada.

–Entiendo.

El ambiente en la discoteca «Leningrado» era impresionante. Los primeros días de cada curso, todo el mundo acudía allí en las horas libres. Era el mejor sitio para conocer a los nuevos compañeros y empezar a establecer las relaciones.

–¡Eh! ¡Eeeh! ¡Hamlet! ¡Hamleeet!

–¿Hamlet? –se preguntó Elisa con una sonrisa, al escuchar a su compañera.

–¡Uvedoble! ¡Holaaa!

Los gritos de Wendy se habían dejado oír por encima de la música estridente y sincopada, casi imposible de bailar, y un muchacho alto y muy, muy delgado, con el cuerpo carente de vello y la piel transparente como una medusa, se abrió paso entre el gentío hasta echarse en los brazos de la selenita. Wendy hizo las presentaciones y los tres fueron a sentarse en una de las mesas más alejadas de la pista.

Por supuesto, Elisa renunció a preguntarle al amigo de Wendy si leía a William Shakespeare habitualmente. La conversación fue por otros derroteros desde el primer momento.

–No te lo vas a creer, Hamlet. ¡Elisa tiene padre!

Hamlet alzó las inexistentes cejas, al mismo tiempo que sonreía.

–¿En serio?

–¡Y tan en serio! Es un famoso psicólogo cibernético. Tiene que estar unos meses de viaje, así que Elisa pasará con nosotros este curso.

–Entiendo. Me parece bien. Aquí hacía falta gente con familia.

Era difícil interpretar las expresiones de Hamlet. Frases banales parecían adquirir en sus labios significados extraños. Y también su rostro resultaba un enigma. Podía manifestar sorpresa, enfado o alivio prácticamente con el mismo gesto.

En el transcurso de la conversación, Elisa descubrió que Hamlet no era un alumno. Pertenecía a los equipos de mantenimiento del colegio, aunque recibía formación específica para llevar adelante su cometido.

–¿Cuál es tu especialidad, Hamlet? –quiso saber Elisa.

–Primer escalón.

–¿Qué es eso?

–Pequeñas averías o desperfectos de cualquier tipo en cualquier lugar del colegio. Cuando alguien llama porque un grifo gotea, parpadea una pantalla o salen chispas de una toma de energía, yo me presento, evalúo el daño y lo arreglo si puedo. Si no está a mi alcance, aviso a los del segundo escalón.

–Entiendo. Eres un «chapuzas».

–No, un «manitas» –corrigió Hamlet–. En la Tierra se dice un «manitas». Es muy distinto.

Elisa sonrió al tiempo que le daba la razón.

–Llevo aquí desde que se fundó el colegio –contó Hamlet en otro momento–. Seis años ya. Soy todo un veterano. Por eso, este curso me han encargado también dirigir las maniobras de atraque de las naves que llegan al «Gagarin». Aunque, salvo cosa muy especial, solo viene una por semana, los martes, a traer provisiones y suministros desde Nuevo París.

–Y se conoce el colegio como la palma de su mano –intervino Wendy–. Hasta el último rincón. Cualquier cosa que necesites, Hamlet sabe cómo conseguirla.

–¿Bailas?

Elisa dio un respingo. Estaba a punto de preguntarle a Hamlet por esas compuertas sobre las que Wendy no había sabido aclararle nada, cuando sintió un golpecito en el hombro y un grito en el oído.

–¿Bailas?

Miró a sus dos amigos en busca de ayuda. Todavía no diferenciaba bien a los individuos de ciertas razas. De momento, todos los calistanos le parecían iguales. Sin embargo, habría jurado que el que intentaba sacarla a la pista de baile era, precisamente, el mismo al que ayer le había cambiado el examen durante la prueba sorpresa del señor Euc. El número 15.

–¿Bailas, terrestre? –insistió él.

–Eeeh... sí, ¿por qué no?

Fueron hasta la pista cogidos de la mano y bailaron sueltos un tema de moda. Un ritmo dodecafónico denominado «Sontó» e inspirado –aunque allí nadie lo supiera– en un antiquísimo baile terrestre llamado «Yenka», y cuyo seguimiento exigía dar saltos sobre una pierna y gesticular como actores de cine mudo. A Elisa se le daba bien. El calistano, por supuesto, bailaba maravillosamente. Era otra de las cualidades de su raza.

Pasados los primeros momentos de inquietud, Elisa comenzó a fijarse en él. Era el primer habitante de Calisto que veía tan de cerca. Y desde luego, era guapo. Pero guapo de narices. Guapísimo, vaya. Sin embargo...

Todo el universo conocido parecía estar de acuerdo en que los descendientes de los primeros pobladores de Calisto, la cuarta luna de Júpiter, poseían una belleza turbadora. Y Elisa no se sentía turbada. Ni siquiera atraída. Se daba cuenta de lo tremendamente guapo que era pero... nada más. Bueno... quizá el magnetismo de los calistanos no funcionase con ella. Ella era una terrestre. Más aún: una europea. Con tres o cuatro mil años de historia a sus espaldas. Casi nada.

De pronto, cambió la música. Entró una canción lenta y melódica y, sin darse cuenta, Elisa se encontró bailando abrazada al número 15.

–¿Qué tal, terrestre?

–¡Ejem...! Bueno...

–Aún no sé cómo te llamas.

–Elisa. ¿Y tú?

–Sirius.

–Ah. ¿Como la estrella?

–Sí, como la estrella.

–Es bonito.

–Gracias.

–Pero las manitas, quietas.

–¿Cómo dices?

–Ya me has oído –dijo Elisa, en tono muy firme, desasiéndose del abrazo de Sirius.

–¿Qué pasa, terrestre? –preguntó el calistano, sonriendo–. ¿Quizá voy demasiado rápido?

–Pues sí. Vas tan rápido que te has equivocado de camino.

Cuando regresó, echando chispas, junto a Wendy y Hamlet, su compañera de cuarto la recibió con semblante estupefacto.

–¿Qué ha pasado?

–Que lo he mandado a la porra.

–¿La porra? ¿Dónde está eso?

–¡Me estaba metiendo mano! ¿Te lo puedes creer? Todavía ni me había dicho su nombre y ya me estaba metiendo mano.

Wendy abrió los brazos.

–Bueno... para un calistano eso es casi una declaración de amor. Están acostumbrados a quitarse a las chicas de encima.

–¡Pues conmigo se va a ahorrar el trabajo! ¡Tendrá cara, el tío!

–¿Cara? ¿Cómo no va a tener cara?

–¡Lo has dejado plantado! –rió Hamlet–. ¡No puedo creerlo! Te va a odiar por eso durante el resto de su vida.

–El sentimiento es mutuo –afirmó Elisa–. ¿Nos vamos?

–¿Qué?

–¡Que si nos vamos de aquí! Me pone enferma tener que gritar para hacerme entender.

Cuando Wendy, Hamlet y Elisa salieron de «Leningrado», Sirius todavía seguía en la pista de baile, intentando comprender cómo era posible que una chica, una chica terrestre además, lo hubiese despreciado de aquel modo.

Jueves, 15 de septiembre

Director Martin (o Martini)

–Pase, Lozano.

Esa mañana, nada más llegar a clase, Elisa había recibido órdenes de bajar hasta la segunda planta y preguntar por el despacho del director, el señor Martin. O Martín. O Martini. O algo parecido.

–Señor director...

Era un tipo de aspecto corriente, más joven de lo que Elisa esperaba.

–Creo que ha batido usted un récord. Ningún nuevo alumno había conseguido que el director lo llamase al orden menos de cuarenta y ocho horas después de su llegada al «Gagarin».

–¡No me diga! ¿Aparecerá mi foto en algún libro?

–Como siga usted así aparecerá de frente y de perfil.

«Bueno... al menos, es terrestre» –pensó Elisa.

Lo dedujo porque el señor Martin sabía lo que eran

los libros pese a que hacía ciento cincuenta años que habían desaparecido como objetos cotidianos. Pero, sobre todo, porque había respondido a su broma con otra broma. Con un sarcasmo, más bien. Ya sabía a qué atenerse.

–¿Sabe por qué le he pedido que viniera a mi despacho?

–Lo imagino, señor director. Se trata de la prueba sorpresa del profesor Euc. ¿No es así?

–En efecto –suspiró Martin–. Nuestro sistema informático es algo anticuado pero aún es posible rastrear una, digamos... operación irregular como la que usted intentó ayer.

–Como la que realicé ayer, señor director –puntualizó Elisa.

Martin sonrió.

–Tiene usted razón. En el fondo, ahí es donde yo quería ir a parar. No solo se saltó las normas, sino que logró sus propósitos. Es lo que distingue la mera gamberrada de la, digamos... estratagema ingeniosa.

–Aunque no estoy muy segura de que lo sea, lo tomaré como un cumplido.

–Hágalo. Porque es justo lo que esperábamos de usted.

–¿Qué?

–Digo, Lozano, que esperamos que siga usted en esa línea.

La chica parpadeó.

–¿Cómo? ¿Esperan que siga haciendo trampas?

–No exactamente. Esperamos que siga utilizando su ingenio.

El señor Martin se levantó de su asiento y continuó hablando mientras paseaba por el despacho.

–Supongo que a estas alturas ya se habrá enterado de que este es un colegio para chicos y chicas, digamos... huérfanos.

–Sí. Fue una sorpresa, lo reconozco. Nadie me lo había advertido.

–Tenemos un alumnado muy inteligente. El «Gagarin» es un centro de elevado prestigio...

–...Del que yo no había oído hablar nunca.

El hombre sonrió. Pareció a punto de replicar pero, finalmente, decidió hacer como si la interrupción no hubiese existido.

–Pero... siempre hemos echado en falta una cierta dosis de, digamos... iniciativa. La capacidad de improvisación es algo muy propio de los terrestres y en los naturales de otros mundos se da con cuentagotas. Es... como una cualidad que se perdiera al alejarse de la madre Tierra. Entre nuestros alumnos, esta, digamos... torpeza para afrontar con ingenio situaciones nuevas o inesperadas, se ve aún más mermada por su condición de seres sin familia...

Aquella afirmación sonó absolutamente injustificada en los oídos de Elisa. Pero en esta ocasión decidió no replicar y el señor Martin continuó hablando sin trabas.

–...Por eso, desde este año hemos decidido aceptar solicitudes de gente, digamos... como usted. Creemos que el contacto será positivo para todos. Desde luego, en su caso no podemos más que sentirnos plenamente satisfechos. Desde el primer momento, su modo de enfrentarse a los problemas, de encarar cualquier nueva situación, dista mucho de la habitual en nuestros alumnos. Espero que pronto comiencen a fijarse en usted y a analizar su, digamos... comportamiento. Y a aprender de usted.

Elisa apretó los dientes. De pronto, se sentía terriblemente incómoda.

–Empiezo a sentirme como un, digamos... conejillo de indias.

El director, de nuevo, pasó por alto el comentario y la sutil burla que llevaba asociada.

–Naturalmente, a partir de mañana tendrá usted comida terrestre. Y espero que la siguiente nave de suministro le traiga sus famosas bordajas.

–Borrajas, señor.

–Eso.

Un panoli

–Darling, dos y medio. No está mal para una selenita. Pero procure mejorar. Drons, cuatro. Espabile pronto, Drons, o este curso se le va a poner cuesta arriba. Elion, siete. Bien, Elion. Veo que sigue en racha...

Cuando comenzó la clase del profesor Euc, Elisa todavía le daba vueltas en la cabeza a la extraña entrevista que acababa de mantener con el director Martin. Quizá por eso la cogió desprevenida el reparto de calificaciones de la prueba del día anterior. Cuando quiso darse cuenta, escuchó ya su apellido.

–Y aquí tenemos a nuestra estrella de este año: Lozano, nueve. Una verdadera hazaña de la que todos deberían aprender. Espero que no nos defraude durante los próximos meses. Propongo un aplauso para nuestra compañera terrestre.

Se escucharon algunas palmas por parte de Wendy. También Sirius aplaudió. Los demás no reaccionaron a tiempo.

–Marmajanjahaara, cinco –continuó Euc, de inmediato–. Está bien. Aunque veo que sigue sin cambiar de nombre. ¿Lo hace por fastidiarme?

–No, profesor Euc –respondió una muchacha menuda, de ojos color potasio y larga melena plateada–. Es que en el registro de Titán me ponen muchas pegas para cambiar mi nombre por el de Di.

–¿Di? ¿Qué clase de nombre es Di?

–El nombre de una princesa terrestre del siglo veinte. Es el más corto que he encontrado en la Enciclopedia de la Vía Láctea.

El señor Euc pareció impresionado.

–¿De veras ha intentado cambiarse el nombre, Marmajanjahaara?

–Por supuesto, profesor. Creo que usted tenía razón: es demasiado largo. Y tiene demasiadas aes.

–La verdad, no pensé que haría usted semejante cosa.

–¿Por qué no, profesor?

–Porque... bueno, no hablaba en serio. Por lo menos, no del todo. Imagínese que en el registro le dicen que sí y este curso viene usted llamándose Di... por mi culpa. Creo que no me lo habría perdonado nunca.

–¿Quiere decir que su recomendación era una broma?

–Algo así.

Sonrió la chica de Titán.

–Tranquilícese, profesor. Realmente no he ido al registro ni he tenido nunca la menor intención de cambiar de nombre. Lo mío también era una broma.

La mayoría de los alumnos se miraron, desconcertados.

–¡Excelente, Marmajanjahaara! –exclamó el señor Euc, tras reponerse de la sorpresa–. Le voy a subir un punto. Por haberme pillado. Eso es justamente lo que espero de todos ustedes. ¡Iniciativa! ¡Sentido del humor! Muy bien. Muy bien.

Elisa empezó a entender entonces la dificultad de la que el director Martin le había hablado minutos antes. Pero seguía sin saber qué se esperaba exactamente de ella en aquel colegio monstruoso de cinco mil alumnos.

–Señor Sirius...

El calistano se irguió al escuchar su nombre. El profesor Euc hizo una deliberada pausa antes de continuar.

–...Sinceramente, esperaba más de usted.

–¿Más aún? –preguntó el calistano, con aire de suficiencia–. Pero si hice una magnífica prueba.

–¿Eso cree? Pues tiene usted un cero.

La sorpresa de la clase estuvo a punto de convertirse en una carcajada.

–¿Cómo?

–Ya lo ha oído, Sirius: cero. Cero pelotero.

Sirius se puso en pie.

–¡No puede ser, profesor Euc! Estoy seguro de que hice un buen examen. Un examen brillante.

Elisa había clavado los codos en la mesa y se tapaba los ojos con las manos mientras trataba de decidir qué hacer. Evaluó rápidamente su situación. Su estratagema había sido descubierta y así se lo había hecho saber el director Martin y, sin embargo, el profesor Euc se hacía el loco. De pronto, sin saber por qué, alzó el brazo.

–¿Qué ocurre, Lozano?

–¿Puedo... decir algo, profesor?

–Si tiene que ver con lo que aquí estamos tratando, puede hacerlo.

–Tiene que ver, desde luego.

–Adelante, entonces.

–Verá... Sirius hizo una buena prueba. Soy yo quien sacó un cero.

La clase estalló en un murmullo sordo. El profesor ni se inmutó.

–¿Puede explicarnos eso? –contestó.

–Durante el desarrollo de la prueba entré en el programa operativo del ordenador y cambié los exámenes. El de Sirius por el mío.

La clase entera enmudeció. Se dibujó una sonrisa en la cara de Sirius. Pero el profesor Euc la borró con una sola frase.

–Gracias por su sinceridad, Lozano. Su nota sigue siendo sobresaliente. Usted sigue teniendo un cero, Sirius.

–¿Qué? ¡Eso es totalmente injusto! –saltó el calistano, poniéndose en pie.

–No me grite –replicó el profesor de inmediato–, a ver si se va a encontrar usted con alguna sorpresa desagradable. Además del cero, quiero decir. Por si alguien no lo entiende, lo explicaré: la prueba de ayer nos permite a los profesores hacernos una idea de las cualidades de los alumnos. Es decir, de todos ustedes. No se trata solamente de indagar en sus conocimientos. El señor Sirius, lo sabemos de cursos anteriores, posee vastos conocimientos sobre Física. La señora Lozano, por el contrario, habría sido incapaz de responder correctamente a una sola de las preguntas del examen. Sin embargo, se las ingenió para obtener la mejor nota de toda la clase a costa de su compañero que, satisfechísimo de su superioridad, no se apercibió del engaño. Y esta es la lección que me gustaría que todos ustedes aprendiesen hoy: yo no digo que en la vida sea lícito hacer trampas. Desde luego que no lo es. Y quien las cometa, sabe que corre el riesgo de ser descubierto y castigado por ello. Pero lo cierto es que Lozano se enfrentó a una dificultad aparentemente insalvable, superándola de un modo original e inteligente mientras Sirius quedaba como un perfecto... panoli.

–¿Panoli? –preguntó el calistano.

–Si no sabe lo que significa, mírelo en el diccionario galáctico.

Cara de nena

–Sigo sin entender por qué os coméis sin rechistar esta especie de... ensaladilla de desechos siderúrgicos.

–Hoy está bueno –replicó Wendy, con la boca llena de puré gris–. Ayer me resultó ligeramente agrio.

De pronto, en medio del susurro propio del comedor, llegó hasta los oídos de Elisa una nítida acusación.

–Tramposa.

Dijo alguien.

La chica alzó la mirada lentamente. Miró con disimulo a su alrededor sin lograr distinguir el origen de la acusación.

–¿Lo has oído?

Uvedoble asintió, sin levantar los ojos del cuenco.

–No hagas caso, Elisa. Lo mejor es no hacer caso.

–Mirad: es la tramposa –repitió la misma voz.

Elisa frunció el ceño al tiempo que hacía rechinar los dientes.

–Déjalo, mujer. Son tonterías de los veteranos. Novatadas, ya sabes. Tú, como si nada. Es lo mejor.

Elisa se volvió, ahora ya sin la menor precaución. Desde la mesa situada a su espalda, seis pares de ojos la miraban fijamente. Reconoció al dueño de uno de ellos.

–Es Sirius –le informó Uvedoble, innecesariamente.

Elisa había clavado en él su peor mirada.

–¿Qué miras, tramposa? –preguntó el calistano.

–Miro tu cara de nena, pasmao.

Lo dijo en voz alta. De inmediato se escucharon risitas en las mesas vecinas.

Sirius palideció, desconcertado.

–Cambiaste mi examen por el tuyo –dijo–. He suspendido por tu culpa.

–Lo admití delante de todos. ¿Qué más quieres que haga?

Los compañeros de mesa de Sirius comenzaron a corear en voz baja: «Tramposa, tramposa...».

Sin gracia

–No te preocupes tanto, Elisa. No les hagas caso y se les olvidará enseguida. Ya sabes cómo son los chicos: cuanto más guapos, más tontos.

Wendy había pasado la tarde jugando al tenis con Hamlet y, a la vuelta, se encontró a Elisa tumbada en su cama, mirando al techo. No lloraba pero estaba a punto de hacerlo.

–¿Qué te pasa?

Elisa se enjugó una lágrima.

–Caray... nunca había entrado en un colegio nuevo con tan mal pie.

–¿Te refieres al hecho de tenerme como compañera de habitación?

Elisa esbozó una sonrisa amarga.

–No, Uvedoble. Tenerte como compañera es lo único bueno que me ha ocurrido desde que llegué a Marte.

–Ya, ya lo sé... Solo era una broma. O eso creo. Como el señor Euc dice que tenemos que practicar nuestro sentido del humor... Pero supongo que no ha tenido ninguna gracia.

Elisa abrió la boca durante unos segundos y luego suspiró profundamente.

–Sí la ha tenido. De verdad, ha tenido bastante gracia. Lo que ocurre es que en estos momentos no estoy para bromas. Eso es todo.

–De acuerdo, de acuerdo... ¿Nos vamos a cenar? Ya es la hora.

–¿Eh? No, no, Uvedoble. Ve tú. Prefiero quedarme aquí, llorando a moco tendido.

–¿A moco qué? Bueno, es igual. Mira, no creo que eso te ayude en absoluto. Además, si no comes te morirás.

Elisa sonrió con cierta amargura.

–Eso mismo me decía mi madre cuando yo era pequeña.

–¿Tu madre te decía que si no comías te morirías?

–Sí.

Wendy apretó los labios y sonrió con cierta amargura. Susurró:

–Tiene que ser bonito tener una madre que te diga cosas. Aunque sean cosas tan raras como esa.

–Sí, lo es. Anda... ve a cenar.

La selenita miró largamente a su compañera de cuarto y, de pronto, se dejó caer en su cama.

–Creo que yo tampoco tengo mucha hambre.

–Oye, no –protestó Elisa–. No y no. No hace falta que te quedes conmigo.

–Es que no tengo hambre, de verdad, Elisa. Ni pizca de hambre.

–Eso es mentira. Las selenitas siempre tenéis hambre.

–Bueno, sí. Pero he decidido cambiar de hábitos y comer algo menos. No me vendrá mal evitar una cena por semana.

Cruzaron una sonrisa pero la de Wendy resultó algo forzada y Elisa se apercibió de inmediato.

–Te pasa algo, Uvedoble –afirmó.

Su compañera respiró hondo. Parecía dudar. Por fin, accedió a hablar.

–El calistano quiere verte.

–¿Sirius? ¿Para qué?

–No lo sé. Esta tarde, mientras estaba jugando al tenis con Hamlet, se me ha acercado y me ha dicho que te lo dijera.

Elisa hizo rechinar los dientes.

–Que le den morcilla.

–¿Morcilla?

–¡Morcilla, sí, morcilla!

–¿Qué es morcilla?

–Es... es... es inútil, no lo entenderías. Se hace con arroz y sangre de cerdo.

–¿Cerdo?

–¡Ay, hija, qué complicado es hablar contigo! El cerdo es un animal terrestre. Un animal maloliente pero que está muy bueno.

–¡Ah, ya! Como Sirius. Ahora entiendo lo de la morcilla. Creo.

Viernes, 16 de septiembre

Una nimiedad

Al abrir los ojos a la mañana siguiente, Elisa tuvo la sensación de despertar de una pesadilla. Durante un rato, mientras se rasgaban las tinieblas del sueño, tuvo la secreta esperanza de que realmente fuese así y que sus problemas hubiesen desaparecido durante la noche.

Por desgracia, pronto pudo comprobar que todo seguía igual y que le esperaba sin duda un día duro como pocos hasta ahora en su vida.

A desayunar sí acudieron. Tomaron tostadas con mantequilla y mermelada de miradas hostiles.

–No lo entiendo –aseguraba Wendy mientras miraba a su alrededor–. ¿Qué demonios les pasa? No es para tanto. Hiciste trampa en un examen. Bien ¿y qué?

–Creo que ahí está la clave. No me limité a llevar «chuletas».

–¿Chuletas?

–Hice trampa, pero la hice a costa de un compañero. Esa es la diferencia, supongo.

–Tú, a cualquier cosa le llamas «compañero»... –ironizó Wendy, de un modo que habría encantado al profesor Euc–. Lo más sorprendente de esta situación es la unanimidad. Nadie se pone de nuestra parte. Todo el mundo parece estar a favor de Sirius sin siquiera haber escuchado tu versión. Eso es muy raro.

–Estadísticamente imposible.

–Eso es. Además, aquí cada uno va a lo suyo. Esto no es una nave con veinte tripulantes donde todos dependen de todos. Este es mi tercer curso aquí y he visto... ¡Buf...! Te asombraría saber las cosas que he visto. Te aseguro que no hay razón lógica para que te traten de este modo. La verdad es que tienes razón: aquí pasa algo raro. Algo huele a podrido. Se dice así ¿verdad?

Viéndose en el ojo del huracán, Elisa intentó desaparecer, esperando que remitiese la ventisca. Nada de discoteca ni de cafeterías. Pero tampoco nada de faltar a clase, porque su ausencia sería más notoria que su presencia y, encima, le traería problemas académicos. Se propuso con todas sus fuerzas aparentar indiferencia a las risitas y a los comentarios. A los insultos directos, una mirada de hielo y nada más. Además, tenía a Wendy de su parte. La conocía desde hacía apenas tres días y ya podía decir que nunca había tenido una amiga como ella. No quería ni imaginar qué le habría ocurrido de no tenerla de su parte.

Bien. Había metido la pata y tenía que pagar por ello. Pero lo soportaría. Sería cosa de un par de días.

Lunes, 19 de septiembre

Ambiente hostil

Transcurridas cuarenta y ocho horas sin que la situación hubiese cambiado ni un ápice, Elisa comenzó a ponerse nerviosa. La hostilidad de sus compañeros, lejos de diluirse parecía aumentar con el paso del tiempo de un modo que, desde luego, no entraba en sus cálculos.

Jamás le había ocurrido algo parecido, pero sí recordaba casos semejantes que habían afectado a otros compañeros. Se le revolvía el estómago solo de pensarlo.

–¿Qué está pasando, Uvedoble? ¿Por qué no me dejan en paz?

Wendy sacudió la cabeza.

–No lo sé. Sirius debe de estar presionando a los calistanos para que se pongan contra ti. Y si se lo proponen, los calistanos pueden arrastrar a mucha gente. Ya sabes: chicas, sobre todo. Y las chicas, a su vez, arrastran a los chicos. Debe de ser eso: una reacción en cadena.

–El caso es que me están empezando a hacer la vida imposible. ¿Qué hago? Tú tienes más experiencia que yo en este colegio.

–No lo sé. Quizá debas de tener algo más de paciencia. Supongo que, tarde o temprano, acabarán por cansarse y olvidarlo todo.

Cita a ciegas

En el tiempo libre de esa mañana, mientras Elisa permanecía refugiada en la biblioteca, Uvedoble se le acercó y le habló casi al oído.

–El calistano insiste en verte. Esta tarde a primera hora.

–¿Sirius? ¿Para qué?

–No lo sé. Pero tal como están las cosas, no pierdes nada escuchándole. Vamos, creo yo.

Elisa también pensó eso.

Pero ambas se equivocaban.

Mientras se dirigía al encuentro de Sirius, algo en su interior le decía que no hacía bien en acudir a aquella cita. Pero ahora ya no había remedio.

Era el tiempo de descanso entre la comida y las actividades de la tarde. «La hora de la siesta» la llamaba su padre, aunque nunca le había explicado qué significaba aquella expresión.

Sirius estaba en una mesa, al fondo de la cafetería del séptimo nivel. De perfil a la puerta. Elisa tuvo que admitir que tenía un perfil divino. Quizá se trataba del mayor idiota de la galaxia. O puede que incluso fuera un mal tipo. Un canalla o algo así. Pero guapo, lo era un rato. Había chicas –y chicos– en aquella nave que temblaban de emoción solo con cruzarse con él. Elisa no era de esas, pero tampoco podía evitar sentirse ligeramente desarmada en su presencia. Mirarle directamente le impedía pensar con claridad. Darse cuenta de ello la ponía de mal genio y eso empeoraba las cosas. O sea, un pequeño desastre.

Cruzó la cafetería de parte a parte para acercarse a la mesa que ocupaba el calistano, que parecía totalmente abstraído en la lectura de la pantalla de su libro electrónico.

Al llegar junto a él, Elisa carraspeó, intentando llamar su atención. Sirius siguió enfrascado en su lectura y ella tuvo que repetir el carraspeo, sintiendo cómo las miradas de todos los presentes se posaban en ella.

Por fin, él se volvió. Durante un instante, la miró con sorpresa. Luego, sin sonreír, le indicó con una mirada el asiento situado frente a él.

–Aquí estoy. ¿Qué quieres?

Sirius la miró con una expresión algo idiota.

–Creo que debemos hablar –dijo él.

–¿Sobre qué?

–Bueno... ya sabes, sobre lo nuestro. Sobre lo tuyo, más bien. Sobre la situación que se ha creado entre nosotros.

–Entre nosotros no hay ninguna situación. Si acaso, la hay entre el resto del colegio y yo. Y la has creado tú.

–No fui yo quien empezó este asunto. Hiciste trampa y me dejaste en ridículo.

Era algo muy raro y Elisa lo notó enseguida. Como si la expresión de la cara del calistano no correspondiese con lo que decía.

–¿Y qué quieres que haga?

Sirius miró a su alrededor. Eran el centro de atención de todos los clientes de la cafetería.

–¿Por qué no nos vamos? –dijo entonces.

Elisa dudó. Algo en su interior le gritaba que rechazase la propuesta. Pero se sentía tan incómoda que decidió aceptar.

Salieron los dos de la cafetería en medio de un extraño silencio, con las miradas de todos clavadas en la espalda.

–¿Adónde vamos?

–No me gusta que nos observen.

–Ni a mí. Pero en el «Gagarin» es difícil encontrar un lugar discreto.

Sirius sonrió por primera vez.

–No lo es tanto para un veterano como yo. ¿Qué te parecería dar un paseo por el bosque?

Elisa frunció el ceño, realmente sorprendida.

–¿De qué estás hablando? ¿Un bosque? ¿Aquí?

–En una de las bodegas de carga están intentando montar uno.

–¿Montar un bosque? ¿Un bosque se puede «montar», como un mecano?

–¿Mecano? ¿Qué es un mecano?

–Pues un juguete... no, mira, es difícil de explicar.

–¿Te gustaría verlo? El bosque, digo. Este es un buen momento. Los vegetales grandes están recién instalados.

–Árboles. Los vegetales grandes se llaman árboles. Y no se instalan: se plantan.

–Lo que tú digas, chica terrestre.

La curiosidad de Elisa se había puesto en marcha, deshaciendo muchas de las reservas y precauciones que habría encontrado naturales en una situación como aquella.

Caminaron durante unos minutos. Pasaron frente a la gran compuerta de acceso a una de las bodegas de carga de la cuarta planta y se detuvieron un poco más allá, ante una puerta blindada, con cerradura magnética.

–Esto tiene pinta de estar cerrado –comentó Elisa.

–¡Oye...! ¿Has pensado en hacerte detective?

La chica sonrió.

–Vaya. Una buena ironía. Seguro que el señor Euc te subía medio punto por ella. Quiero decir que esta puerta tiene toda la pinta de estar cerrada... con la intención de que nadie pueda abrirla.

–Así es. ¿No te ha explicado tu compañera de cuarto que el acceso a las bodegas de la nave está estrictamente prohibido?

–Algo sí me ha dicho. ¿Entonces? ¿Cómo vamos a entrar nosotros?

–¿Cómo quieres que te lo diga? Estás con un veterano, chica. Esta nave no tiene secretos para mí.

Bueno... ya estaba. La típica actitud masculina, chulesca y prepotente –pensó Elisa de inmediato–. «Esta nave no tiene secretos para mí», dice el muy memo... ¿Cómo es posible que, con lo grande que es el sistema solar y lo distintas que son las gentes de uno y otro sitio, los machos resulten siempre tan previsibles?

El calistano sacó de su bolsillo un llavero magnético y eligió una de las tarjetas, larga y estrecha, de color rojo. Luego, se apoyó en la pared, cerca de la cerradura y miró a uno y otro lado.

Cuando le pareció que nadie se fijaba en ellos, introdujo la tarjeta en la cerradura. Al momento, la puerta emitió un ruido muy peculiar, como el salto de un pestillo metálico acompañado de una suerte de suspiro.

–Vamos –dijo en voz baja.

Abrió la puerta y entraron. Se trataba de una cámara lateral de acceso a la bodega de carga. Una especie de vestíbulo en el que se veían escafandras autónomas colgadas de sus correspondientes ganchos y otro diverso material.

Sirius fue hacia uno de los trajes espaciales y rebuscó algo cerca de las bocamangas. Luego, se dirigió a una compuerta que se abría al fondo, justo en la pared contraria a la de la puerta por la que habían entrado. En un panel luminoso marcó una larga sucesión de números. A continuación, con un largo silbido, la compuerta se abrió, permitiéndoles el paso.

Elisa se acercó y echó un sorprendido vistazo al exterior. O, mejor dicho, al interior.

–¡Galaxias...!

–¿Habías visto alguna vez algo parecido? –preguntó el calistano.

–Nunca... bueno, sí. Había visto bosques de verdad, por supuesto. Pero nunca uno así, encerrado en... en un tubo.

Eso era, ni más ni menos. Un tubo de más de cuatrocientos metros de diámetro y casi diez kilómetros de longitud, que albergaba en su interior un bosque. A primera vista, un bosque indistinguible de cualquiera de los actuales bosques europeos.

–Es fantástico. ¿Por qué no dejan entrar aquí a los alumnos?

–Lo ignoro –respondió Sirius–. No sé exactamente qué pretenden hacer con estas instalaciones pero, desde luego, hoy por hoy se trata de un proyecto que se intenta mantener en el más estricto secreto. Muy pocas personas han entrado aquí.

–Qué emocionante... –susurró Elisa en tono ambiguo–. Espero ser digna de semejante honor.

–Quizá tienen miedo al fracaso. Esto tiene que haber costado un auténtico dineral. Imagínate que, de pronto, se les empiezan a morir todos los vegetales grandes... los árboles, quiero decir.

–¿Podemos entrar? –preguntó Elisa, sin atender las últimas explicaciones del calistano.

–¡Por supuesto!

Traspasaron la puerta y se adentraron unos pasos en el bosque.

Resultaba impresionante. Elisa tuvo que reconocer que un bosque de semejantes dimensiones era lo último que esperaba encontrar en el fondo del Tercer Canal de Marte. Sintió que se le humedecían los ojos.

–Seré imbécil... hace una semana yo aún paseaba por bosques auténticos y ahora... parece que hubiesen pasado años.

Se agachó, cogió un puñado de tierra y lo dejó resbalar entre los dedos. Luego, se acercó los restos a la nariz.

–Increíble. Parece tierra de verdad. Y huele a tierra.

Sirius frunció el ceño.

–¿La tierra huele? Nunca había pensado en eso.

La chica miró hacia arriba. Las paredes interiores del cilindro eran perfectamente visibles a ras de suelo. Pero cuando uno levantaba la vista se iban diluyendo en una neblina húmeda que ocultaba la zona superior y filtraba la luz procedente, sin duda, de grandes proyectores situados en el techo. La sensación era de vivir un permanente día con sol velado y un alto porcentaje de humedad relativa.

–No son nubes exactamente, pero el efecto está muy conseguido. ¿Qué extensión tiene?

–Aproximadamente cuatrocientas hectáreas. Sabes lo que es una hectárea ¿verdad?

–Claro. Diez mil metros cuadrados.

–No me refiero a eso. Quiero decir si... si te haces una idea de su tamaño real.

–Pues claro –respondió Elisa abriendo las manos–. El jardín de mi casa en la Tierra ocupa aproximadamente mil metros cuadrados. Me basta imaginar el espacio que ocuparían diez jardines como el nuestro puestos uno junto al otro. No es difícil.

–Sí. Es un buen truco.

–Multiplicar esa extensión por cuatrocientos ya es más difícil de imaginar.

Sirius parecía mirar a Elisa cada vez con mayor atención.

–¿Vamos? –dijo de pronto, señalando hacia adelante.

Estuvo a punto de decir no. Pero era demasiado tentador, incluso sin llevar al lado a alguien como Sirius.

Se internaron en el bosque. Caminaron durante un buen rato. Había arroyuelos, roca, musgo, líquenes en algunos troncos. Había setas, arbustos, árboles en distintas fases de desarrollo. Ramas y hojas secas...

–Si no miras hacia los lados, la sensación es casi perfecta –dijo Elisa, de pronto.

–¿Casi? ¿Por qué dices «casi»?

La terrestre se detuvo. A sus espaldas, el límite del cilindro, la base en la que se encontraba la unión con el resto de la nave, ya no era visible. Y, por descontado, el extremo opuesto, mucho más alejado, tampoco podía distinguirse. De no ser por el arranque de las paredes laterales, siempre presentes, a doscientos metros de distancia por cada uno de los lados, el engaño podía funcionar sin problemas.

–Falta el ruido –dijo Elisa.

–¿Ruido?

–El ruido del bosque. Pese a lo que cree la mayoría de la gente, el bosque no es silencioso. Todo lo contrario: jamás calla. Hay un sinfín de gritos, chillidos, silbidos, cantos... El viento agita las ramas, los animales se llaman entre sí... Hay ocasiones en que se producen auténticas algarabías. Y así siempre, de día y de noche. Pero aquí no hay nada de eso. No hay pájaros. No hay animales de ningún tipo. Seguramente tampoco hay insectos. No he visto ni moscas, ni mosquitos, ni libélulas, ni abejas... Es el único fallo. Por lo demás, está muy conseguido.

Sirius miró a Elisa con renovado interés.

–Entonces... es cierto. Vives en la Tierra. Has paseado por bosques de verdad.

–¡Pues claro! ¿Creías que me lo había inventado?

–Hay gente que lo hace. Ves unos cuantos documentales y visualizas algunas buenas enciclopedias virtuales y puedes engañar a la mayoría de los habitantes del sistema solar, que no han paseado por un bosque de verdad en su vida.

–¿Y de qué te sirve presumir de algo que no es cierto?

–En ciertos ambientes ser terrestre o, simplemente, haber vivido en la Tierra, es toda una tarjeta de presentación.

–Pues no es mi caso. Yo soy terrestre de verdad. Tengo un bosque a menos de media hora de mi casa en bicicleta.

–¿Bici... cleta?

En el bote

–¡Va, cuenta! ¿Qué tal te ha ido con Sirius?

–No sé. Ni bien ni mal.

Elisa se dejó caer cuan larga era en su cama ante la mirada sorprendida de su compañera de cuarto.

–¿Eso es todo? Hace más de tres horas que te fuiste... ¿y vienes con esas? ¿Quieres contarme lo que ha pasado de una maldita vez, Elisa? ¿Te has dejado besar o no?

–Es que no hay mucho que contar –dijo Elisa, evitando responder a la última pregunta de Wendy–. Desde luego, ha sido agradable. Hemos ido a pasear por el bosque que hay en una de las bodegas de carga. ¿Tú lo sabías?

–Bueno, había oído rumores...

–Me ha preguntado por mis padres... él no conoció a los suyos. Y... eso es todo. Creo que las cosas van a mejorar a partir de ahora.

–O sea, que habéis estado en una de las bodegas.

–Sí. Sabe cómo entrar en las bodegas. Es un veterano del «Gagarin», ya sabes: «Conozco esta nave como la palma de mi mano». Oh, oh...

–Solos.

–¿Eh?

–Habéis estado solos.

Elisa sintió una ligerísima desazón.

–Pues... sí. Solos. ¿Por qué lo dices? ¿Pasa algo?

Wendy suspiró largamente.

–No lo sé. Espero que no. ¿Vas a ir a cenar?

–Creo que sí. Pero aún falta más de una hora.

Wendy asintió. De pronto, se puso en pie.

–Nos veremos en el comedor, Elisa. La primera que llegue, que guarde sitio.

–¿Adónde vas?

–Por ahí. Tengo cosas que hacer. Nos vemos luego.

Hora y media más tarde Wendy entraba en el comedor con expresión furiosa y se dirigía hacia la mesa en la que Elisa le esperaba desde hacía unos minutos.

–¿Qué te ocurre?

–¿Qué me ocurre? ¿Qué me ocurre, dices? –preguntó la selenita haciendo rechinar los dientes–. Me ocurre que Sirius va diciendo por ahí que te tiene en el bote.

–¿Qué?

–Ha hecho correr el rumor por todo el colegio a través

de sus amigos. Dicen que tú te acercaste a él en la cafetería, le pediste que te perdonara y le confesaste estar enamorada de él. Luego, fuisteis a la bodega del bosque para evitar miradas indiscretas y allí...

–¿Allí qué?

–Bueno... lo que pasó allí todo el mundo lo da por supuesto.

–¿Qué es lo que dan por supuesto? –preguntó Elisa.

–¡Ay, Elisa, no te hagas la tonta! Ya sabes a lo que me refiero.

Naturalmente que lo sabía. Y, entonces, sintió que todo cuanto la rodeaba se volvía carmesí.

–Pero... ¡eso es mentira! Ni siquiera... ni siquiera me tomó de la mano. La otra tarde, en la discoteca es cierto que se pasó de la raya. Pero hoy, en cambio... Lo único que hicimos fue charlar y... y pasear. Estuvimos paseando, Uvedoble, te lo juro.

La selenita chasqueó la lengua.

–A mí no tienes que convencerme, Elisa. Pero con el resto de la gente lo vas a tener más difícil. El calistano te la ha jugado. Te la ha jugado bien.

Un escalofrío recorrió la espalda de Elisa.

–No... no puedo creerlo. Estuvo correcto... amable. Más que amable, estuvo...

–...Estuvo encantador ¿verdad?

–Encantador, sí. Encantador...

Elisa sacudió la cabeza, sin terminar de admitir el engaño.

–Debí habértelo impedido. Tienen muy mal perder los de Calisto. Supongo que es su manera de hacerte pagar el bochorno que pasó el otro día por tu culpa en clase del señor Euc.

Elisa sintió llegar a la boca una náusea nueva, de una intensidad como nunca antes había experimentado y que le subía desde lo más profundo del estómago. Lanzó a su alrededor una mirada lenta y cautelosa. Un gesto que se estaba convirtiendo en habitual. Y lo que vio fueron los ojos de todos sus compañeros clavados en ella. Cinco mil pares de ojos. Cinco mil amagos de sonrisa. Cinco mil miradas de desprecio.

Gruñó un insulto feroz, que hizo silbar a la selenita.

–Caramba, tía, qué lenguaje. Se supone que una habitante de la vieja Europa es el no va más de la civilización. Y conste que creo que ese cerdo se lo merece.

Elisa no la oía. Acababa de descubrir a Sirius, sentado en la cabecera de una mesa cercana, con cinco de sus amigos frente a él, compartiendo la diversión. Y ella era la diversión, naturalmente. Sirius, en especial, la miraba con una suave sonrisa de triunfo en el rostro. Casi podía apreciarse en torno a él el halo de la satisfacción que proporciona la venganza.

Elisa se habría lanzado ciegamente contra ellos, contra él, sobre todo, si Wendy no se lo hubiera impedido sujetándola con fuerza por las muñecas.

–Quieta, Elisa. Eso no haría más que empeorar las cosas.

Intentó tragar saliva pero no tenía saliva.

–Suéltame. Si le rompo la cabeza delante de todos, ya nadie podrá pensar que siento la menor atracción por él.

Wendy ladeó la cabeza.

–Todo lo contrario. Sería la mejor confirmación de que te importa lo que diga de ti. No muevas ni un dedo, terrestre. Es lo más inteligente que puedes hacer ahora. Siéntate y cena.

–¡A la mierda la cena! –gritó Elisa, intentando levantarse de nuevo.

–Si despegas el trasero del asiento seré yo quien tendrá que pegarte y me meteré en un lío gordísimo –la amenazó su compañera, reteniéndola de nuevo, con esfuerzo–. No me hagas esto, Elisa, por favor. Cómete la cena.

–¡No tengo hambre! Y, aunque la tuviera, no pienso tragarme este asqueroso puré que a todos os gusta tanto.

–¡Pues no cenes pero cálmate! ¡Cálmate! No les des el espectáculo que están esperando. Si quieren divertirse, que vayan a la sala de juegos. Después pensaremos qué hacer.

La discusión entre las dos amigas era seguida con interés por todo el comedor, en el que se había hecho un silencio casi absoluto. Y si alguna conversación perdida quedaba en el ambiente, se apagó por completo cuando, de improviso y con cierto estrépito, se abrieron las puertas de la cocina y por ellas apareció el señor Octavius llevando en la mano, con ampulosa dignidad una enorme y reluciente bandeja con tapa semiesférica.

Manteniéndola en alto, el marciano recorrió con paso amplio y sonoro buena parte del comedor hasta detenerse ante la mesa que ocupaban Elisa y Uvedoble, que sólo en ese instante se percataron de su presencia.

Elisa parpadeó y una lágrima de rabia contenida escapó por el rabillo exterior de su ojo derecho. Wendy tragó saliva con dificultad. Sintió temblar la barbilla.

Octavius destapó la bandeja y, en voz lo bastante alta como para que fuese escuchada en todo el comedor, dijo:

–Lozano, su cena. Borrajas con patata y merluza a la koskera. Espero que estén a su gusto.

Con gesto seguro, retiró el cuenco de puré marciano y colocó ante Elisa un abundante plato de verdura y una pequeña fuente de pescado. Ambas cosas presentaban un inmejorable aspecto.

–Que aproveche –apuntilló el encargado del comedor, antes de comenzar a deshacer el camino hasta la cocina.

Wendy desgranó por lo bajo una interminable maldición selenita contra el señor Octavius.

Elisa se percató al instante de que si había allí alguien que hasta ese momento fuera, si no favorable, al menos indiferente a la mala fama que Sirius estaba tratando de adjudicarle, aquel plato de borrajas con patata y aquella apetitosísima merluza de anzuelo a la koskera acababan de arrebatárselo como aliado.

No podía ser peor.

Ya no solo era la terrestre novata, golfa y tramposa que presumía de tener el padre y la casa de que carecían todos allí. Además, era una enchufada que recibía un descarado trato de favor por parte, nada menos, que del odioso señor Octavius. Quizá por orden directa del director Martin en persona.

De pronto, lo vio clarísimo: nunca conseguiría levantar cabeza en el «Gagarin».

–Esto es el fin... –murmuró Elisa.

–Peor –replicó Uvedoble–. Es el principio del fin. Prepárate. Lo verdaderamente duro está por llegar.

Elisa buscó los dorados ojos de su amiga.

–Esto no puede estar ocurriendo, Uvedoble. Es... es como una pesadilla –gimió, ocultando la cara entre las manos.

Wendy suspiró larga y profundamente. Guardó silencio durante un largo rato. Por fin, susurró al oído de su amiga.

–Oye... ¿Te vas a comer eso? Es que huele de maravilla y me gustaría probarlo. Jamás he comido merluza de los mares terrestres. Y, mucho menos, a la kostera.

Elisa miró a su compañera con emocionado afecto.

–Es koskera, Uvedoble –replicó, con un hilo de voz.

–Eso: a la eskoskera. En cambio, las borrajas... no digo que no estén buenas pero... sinceramente, no parecen comida para gente civilizada.

Wendy logró comerse la merluza y, al tiempo, retener a Elisa en la mesa durante un tiempo razonable. Por fin, a la vez que los primeros en terminar la cena, salieron ambas del comedor acompañadas por el silencioso odio de todos sus compañeros.

No cruzaron palabra. Wendy acompañó a su amiga hasta la misma puerta de la habitación y luego fue a buscar a Hamlet quien, por alguna razón, se le aparecía como el único habitante de aquella nave de locos capaz de creer en Elisa y de echarle una mano.

Terrible decisión

Wendy tardó algo más de una hora en regresar y, cuando lo hizo, encontró el cuarto revuelto por completo. Se asustó durante unos segundos. Hasta que vio a Elisa yendo de un lado a otro como si hubiera sonado la alarma general.

–¿Qué pasa? –preguntó la selenita con temor–. ¿Qué haces, Elisa?

–¿No lo ves? Hago la maleta –respondió la terrestre, como si fuera la cosa más normal del mundo.

–¿Por qué?

Elisa detuvo un instante su alocado ir y venir.

–La pregunta es bastante estúpida, Wendy. Hago la maleta porque me voy. ¿Qué otra razón podría haber?

–¿Te vas? ¿Cómo que te vas? ¿Adónde te vas?

Elisa abrió los brazos.

–A mi casa, naturalmente. A la Tierra. Muchos dicen que allí estamos locos. Puede ser. Pero, desde luego, muchísimo menos que los alumnos del «Gagarin». Mejorando lo presente, claro.

Wendy abrió la boca. Unos segundos después pareció comprender.

–¡Por todo el universo! ¿Te han echado? ¿Te han expulsado del colegio? ¿Qué has hecho? Ya sé: le has arrancado la cabeza al calistano delante de testigos ¿verdad? ¡No puede ser! Te dejo a solas durante una hora y mira lo que haces.

–No, no, Wendy. No he matado a Sirius ni a nadie. Aunque no ha sido por falta de ganas. Y tampoco me han expulsado del colegio. Simplemente, me voy.

–¿Qué? –exclamó una incrédula Wendy.

–Me marcho. Estoy harta. No aguanto más. Aquí os quedáis tú y los otros cinco mil locos. Yo me rindo. No sé si realmente alguien se habría propuesto hacerme aquí la vida imposible. Si es así, ha ganado. Punto final. Aquí te quedas, Banderas.

La selenita hizo parpadear sus ojos imposibles tres veces seguidas.

–Galaxias... seguro que eso no había pasado nunca hasta ahora. ¡Bueno...! ¿Te das cuenta de que vas a entrar de lleno en la historia del «Gagarin»?

–¡Uf...! La ilusión de mi vida –ironizó Elisa.

–Claro, claro, ya lo comprendo –aseguró Wendy sin captar ni por asomo la verdadera intención de la frase–. ¿Y qué ha dicho Martin?

–¿Quién?

Elisa se quedó mirando a su amiga y suspiró profundamente.

–No te enteras de nada, Wendy, cariño. El señor Martin, o como demonios se llame, no ha dicho nada por la sencilla razón de que no está al corriente de mis intenciones. Vamos a ver si lo comprendes: ¡Me largo «a la francesa»!

–¿Qué?

–¡Sin despedirme, caray! Sin darle a nadie explicaciones. O sea, que no me voy: me escapo de este manicomio.

Ahora, Wendy abrió de par en par los ojos y boca.

–¿Te... escapas?

–Eso es.

–¿Y dices que te vas a tu casa?

–Sí.

–Pero... un momento, vamos a ver... eso no es razonable. Estamos en Marte ¿recuerdas? Mejor dicho: estamos en el mismísimo culo de Marte. En medio de la nada. Desde luego, sería peor estar en Neptuno o en un asteroide a la deriva. Pero no mucho peor.

Elisa había terminado de amontonar su ropa en el interior de la maleta y peleaba ahora con el cierre. Cuando consiguió su objetivo, se volvió a mirar a su compañera de cuarto.

–Tengo un plan.

–Oye, oye, Elisa, cálmate. Espera un momento... Vuelve a pensarlo todo una vez más. Ya sé que estás pasando un mal momento pero... eso les ocurre a la mitad de los novatos del «Gagarin».

–¿A la mitad de los novatos los tratan como a mí?

Uvedoble llenó los pulmones de aire y lo fue soltando despacito.

–Bueno... no exactamente. Pero la mayoría tardan un tiempo en adaptarse. Quizá no sea más que eso lo que te sucede. Lo he hablado con Hamlet y dice que quizá estamos sacando las cosas de quicio. Ten paciencia. Dentro de una semana todo esto estará olvidado.

Elisa sacudió la cabeza y se dejó caer en la cama.

–Dentro de una semana puedo haberme vuelto loca. Pero, sobre todo... no creo que dentro de una semana hayan mejorado las cosas. No lo creo, Wendy. He tratado de pensar con frialdad, de sopesar las cosas en su justa medida... y creo que no me engaño: aquí está pasando algo raro. ¡Pero raro de verdad! Me da la sensación de que alguien, por algún motivo, está... está empeñado en echarme encima al colegio entero. Creo que alguien pretende acabar conmigo por algún motivo que no acierto a comprender. Por eso me voy. De pronto, me ha entrado miedo.

Wendy abrió la boca durante unos segundos.

–¿Miedo? Si te refieres a Sirius...

–No, no me refiero a Sirius.

–¿Ah, no?

–No tengo miedo de alguien como Sirius. Pero... he estado pensando en la actitud del profesor Euc.

–¿El profesor Euc? A mí me parece un buen tipo.

–Cuando nos dio los resultados de la prueba sorpresa parecía empeñado en poner a Sirius en ridículo delante de todos, dejando bien claro que yo le había derrotado en toda línea.

–Sí, ya recuerdo. Me lo pasé en grande.

–Pero le apretó las clavijas a Sirius de tal modo que casi parecía estar obligándole a tomar represalias contra mí. Y, luego, entrevista con el director Martin, felicitándome, casi incitándome a que siguiese saltándome las reglas más elementales del compañerismo. Y, por último, lo de las borrajas.

–¡Bueno! En eso tienes toda la razón. Lo de las borrajas y la merluza escoscada ha sido una pasada, lo reconozco. Ha sido como decirles a todos: ¡Ahí tenéis a la enchufada número uno! ¡Comida especial solo para ella!

–¡No me refiero a eso, Wendy! Me refiero a lo de las borrajas.

–No te entiendo. ¿El qué de las borrajas?

Elisa se sentó en el borde de la cama y obligó a su compañera a hacer lo propio a su lado.

–Hace tres días, el director me dijo que intentarían que les enviasen borrajas en el siguiente cargamento de víveres. Sin embargo hoy, a mediodía, las borrajas ya estaban aquí.

–¿Y qué?

–Que en los últimos tres días no ha llegado ninguna nueva nave con suministros.

Wendy parpadeó un par de veces.

–Cierto. Los suministros llegan los martes. Recuerdo que Hamlet nos lo dijo.

–Eso, sin contar con que dudo mucho que haya habitualmente ni un solo kilo de borrajas en Marte. Tendrían que haberlas encargado a la Tierra y no podrían llegar a este condenado planeta en ningún caso antes de cinco días.

–Oh... –dijo Wendy poniendo una boca muy redonda–. ¿Entonces...?

–Está claro que Octavius ya tenía preparadas mis borrajas desde hace tiempo. Sabía que era mi plato preferido gracias a la encuesta de ingreso. Solo esperaba el momento más oportuno para darme el hachazo definitivo.

–¿Hachazo?

–La cuestión es... ¿por qué?

Wendy carraspeó. Se le secaba la garganta conforme iba comprendiendo los razonamientos de su amiga.

–¿Tienes ya la respuesta?

–No. Pero no pienso quedarme a averiguarla. Si tengo razón, mi única posibilidad es huir. Así que me voy.

–Te vas.

–Sí –respondió Elisa, reanudando la tarea de recoger sus últimos objetos personales.

–¿Cómo lo vas a hacer? El punto civilizado más cercano es Nuevo París. Si es que a Nuevo París se le puede llamar civilizado, claro. Y entre Nuevo París y el «Gagarin» está el desierto de los Escollos.

–La solución es sencilla. Me voy a marchar del mismo modo que vine. La moto ingrávida en la que llegué tiene que estar en alguna parte. Me aseguraron en secretaría que ellos mismos se encargarían de devolverla a la empresa de alquiler. Pero yo creo que aún no lo han hecho. Me dieron un recibo y me advirtieron que cuando entregasen la moto me llamarían para cambiarlo por la factura. Y sigo teniendo el recibo en mi poder. Seguramente piensan enviarla de regreso a Nuevo París en la próxima nave de suministro.

–Mañana.

–Exacto.

Uvedoble se mordió el labio inferior durante unos segundos, antes de continuar.

–Seguramente la tendrán guardada en alguno de los almacenes de la primera planta.

–¿Y tú crees que Hamlet...?

–¡Por supuesto! Por supuesto que sí. Hamlet nos echará una mano. Cuenta con ello.

–Si consigo la moto no tendré problemas para llegar a Nuevo París. Una vez allí, puedo sacar un billete a la Tierra en vuelo regular.

–¿Con qué dinero?

–No te preocupes por eso: tengo crédito. Mi padre siempre deja muy atadas esas cosas cuando se marcha.

Wendy apretó los labios durante unos instantes.

–Parece un buen plan. Seguro que hay algún problema con el que no has contado pero así, de entrada, parece un buen plan.

Mediana distracción

Hamlet escuchó las intenciones de Elisa sin descomponer el gesto, con un gran vaso de agua en la mano, acodado en el final de la barra de la cafetería de la cuarta planta. Pero al final, dijo claramente lo que pensaba.

–Estás loca, terrestre. Lo que te propones es imposible.

–¿Por qué?

–La moto está guardada, en efecto, en uno de los almacenes del primer nivel. La he visto. Y quizá sea cierto que eres capaz de saltar por el hueco central de un piso a otro sin romperte la crisma. Pero no puedes hacerlo sin que te descubran. Hay vigilancia permanente.

–Tengo entendido que a partir de las doce de la noche apenas queda un par de guardias de servicio.

–Son suficientes. El hueco central, por donde tú quieres bajar, es facilísimo de vigilar. No hay modo de ocultarse. Y es la zona que los guardias vigilan con preferencia.

–En ese caso, necesitaría a alguien que distrajera a los guardias.

Hamlet carraspeó, al tiempo que negaba con la cabeza.

–Ponte en mi lugar, Elisa. Vosotras estáis aquí estudiando. Pero yo tengo mi puesto de trabajo. ¿Sabes lo que me juego?

–Hamlet, por favor... –intercedió Uvedoble.

–Lo siento, pero no.

–Mira, yo me pongo en tu lugar –intervino Elisa–. Ahora, ponte tú en el mío. Mi vida aquí se ha vuelto imposible. Necesito regresar a mi casa. Y necesito que tú me ayudes a conseguirlo.

El chico resopló, dio dos o tres zancadas y luego abrió los brazos.

–¡Está bieeeen...! –exclamó, tras otro largo suspiro.

Martes, 20 de septiembre. 1:00 horas

Armando Manzanero

–Este es un buen sitio –dijo Wendy, depositando el aparato en el suelo, en mitad del pasillo–. Ponlo en marcha, tú que sabes.

–De acuerdo.

Hamlet oprimió la tecla marcada con un triángulo negro y bajo la que figuraba la palabra «Play» y, de inmediato, mientras los dos chicos corrían a esconderse, comenzó a sonar una canción antiquísima, de letra difícilmente comprensible:

Somos noviooos...
pues los dos sentimos
mutuo amor profundooo...
y con eso
ya ganamos lo más grande
de este mundooo...

nos amamooos,
nos besamooos...

Los dos vigilantes de guardia –tipos enormes, originarios de la colonia de Deimos, que acababan de lanzar una de sus rutinarias ojeadas al hueco central del módulo principal de la «Komsomol», dieron un respingo al unísono.

–¿Qué demonios es eso? –preguntó uno de ellos.

–No lo sé. Parece un tipo que canta. Pero canta fatal. Suena por allá, junto a las compuertas del pasillo de servicios.

–Será mejor que echemos un vistazo.

–¿Tú crees?

–Hombre...

Avanzaron ambos con precaución al encuentro del chirriante sonido, a años luz de la mínima calidad que se exigía a cualquier medio reproductor actual. Pese a ello y a que los dos hombres eran absolutamente incapaces de identificarlo, Armando Manzanero continuó desgranando impertérrito su canción:

... Y hasta, a veces,
sin motivo, sin razón,
nos enojamoooos.
¡Somos noviooooos...!

Al doblar un recodo del pasillo, los vigilantes tuvieron por fin a la vista el origen de toda aquella bulla.

–¿Qué demonios es eso, Porthos? –preguntó el más joven de los vigilantes–. ¿Habías visto alguna vez algo parecido?

El tal Porthos, un tipo grandísimo incluso comparado con su compañero, sacudió la cabeza, desconcertado. Sin embargo, a punto de confesar su ignorancia sobre la naturaleza del artilugio, un recuerdo le acudió a la mente.

–¡Espera...! Creo haber visto hace tiempo uno de esos aparatos en un catálogo de antigüedades terrestres. Sí... ahora recuerdo que mi primera mujer estuvo a punto de comprar uno, muy parecido a ese, por correspondencia. Como adorno decorativo para nuestro apartamento de la Zona Cálida.

–Pero ¿qué es?

–Es un antiguo sistema de reproducción de sonidos. «Radio... radiocassette» creo que se llamaba. Aunque no imaginaba que fuera tan grande.

–¿Y dónde está el cantante?

–¿El cantante? No, no, estos chismes no reproducían imágenes. Ni siquiera imágenes planas. Solo sonidos. La voz.

–¡No me digas! ¿Oías cantar a un tipo sin poder verle la cara? ¿Qué gracia podía tener eso?

Los dos vigilantes tenían que hablarse a voz en grito para hacerse entender por encima de la música que seguía brotando a chorros de los dos altavoces del aparato, de casi sesenta centímetros de anchura.

–¿Sabes desconectarlo? –preguntó el compañero de Porthos.

–No. Pero creo recordar que los controles estaban en la parte superior. Debe de tratarse de esa fila de... teclas de colores. La mayor parte de su funcionamiento es puramente mecánico.

–¿Es posible?

Los dos hombres se acercaron con cautela.

Escondida tras uno de los contenedores de material reciclable desperdigados por toda la nave, Wendy accionó el mando a distancia del aparato, aumentando el volumen al máximo.

... para darnos
el más dulce de los besooos,
recordar
de qué color son los cerezooos...!

–¿Qué has hecho? –gritó Porthos a su compañero.

–¿Yo? ¡Nada! Eras tú el que sabía manejar estos chismes. ¡Haz algo!

El enorme vigilante dudó unos instantes pero, enseguida, tomó una drástica decisión. Sacó una pistola de plasma de la cartuchera y descerrajó dos tiros sobre el artilugio, que calló de inmediato.

–¿Lo ves, Aramis? Ya está.

El compañero de Porthos se había echado las manos a la cabeza.

–¡Pero...! ¿Qué has hecho? ¡Acabas de decir que era una antigüedad!

–¡Ejem! Sí, bueno, pero... había que hacerlo callar ¿no?

En el mismo instante en que comenzó a sonar la canción de Armando Manzanero atrapando la atención de los dos vigilantes, Elisa salió de su escondite, en uno de los cuartos de material de limpieza de la cuarta planta, se acercó a la barandilla del hueco central, la sobrepasó y tras colgarse de ella y tomar impulso, saltó sobre el suelo del nivel inmediatamente inferior. Tal como había imaginado, para alguien como ella, acostumbrada a la potente gravedad terrestre, la caída no resultó dificultosa.

Pero aún le quedaban otros dos saltos idénticos. Y debía realizarlos antes de que los vigilantes solventaran el incidente que les mantenía entretenidos y volvieran a prestar atención a su tarea.

El salto del tercer al segundo nivel tampoco revistió dificultad alguna.

Pero el último salto fue distinto. Y así lo percibió Elisa claramente. Por un lado, porque con él entraba definitivamente en la zona prohibida del «Gagarin». A partir de ese momento, todas sus acciones quedaban fuera de la ley. Pero, además, descubrió en el último momento un nuevo problema: aunque desde los pisos superiores resultaba difícil de apreciar, la altura del primer piso era superior a la de los demás, de modo que aquella última caída había de ser casi un metro más larga.

Elisa se apercibió del detalle cuando ya se encontraba colgando por las manos de la barandilla del segundo nivel. Miró hacia abajo un instante antes de soltarse y, de inmediato, cayó en la cuenta de que en aquella ocasión el suelo se encontraba mucho más lejos de sus pies que en las dos acciones anteriores.

Sintió cómo sus dedos se crispaban sobre los barrotes inconscientemente. Pero ya no había vuelta atrás.

Aunque hubiese querido, no habría podido recuperar la posición. De modo que se dejó caer, tratando de hacerlo en la mejor postura.

Voló interminablemente y, al entrar en contacto con el suelo, rodó sobre sí misma en un buen intento de amortiguar el daño y de silenciar el golpe.

Le salió bastante bien. Pese a todo, sintió dolor en las plantas de los pies y en los tobillos. Se golpeó con fuerza un hombro y en las dos rodillas, y estuvo a punto de gritar de dolor. Pero no lo hizo y enseguida comprobó que no tenía lesiones que le impidieran continuar con su plan.

Apenas hubo alcanzado la zona de sombra, aquella en la que estaba a cubierto de las miradas que los vigilantes pudieran lanzar a través del hueco central desde los pisos superiores, escuchó los dos disparos de plasma con los que Porthos acababa de destruir el radiocassette de Hamlet.

–Lástima de aparato –pensó Elisa suponiendo lo que acababa de ocurrir–. Era una preciosa antigualla.

Hamlet le había proporcionado un guante maestro. Fino como una segunda piel, el guante maestro permitía abrir la mayoría de las puertas automáticas de la «Komsomol», accionadas por sensores que leían la palma de la mano de las personas autorizadas.

Elisa se lo colocó en la izquierda, ajustándolo a sus dedos tan perfectamente como pudo. A continuación, se dispuso a buscar la entrada al almacén de víveres, en cuyo muelle de carga atracaba cada martes la nave procedente de Nuevo París. Lo lógico era que hubiesen guardado allí su moto, para embarcarla sin pérdidas de tiempo en cuanto el vehículo de reparto estuviese listo para el regreso a la ciudad.

Gracias al plano del módulo central de la «Komsomol» que Hamlet le había dibujado y que ella se había aprendido de memoria, Elisa identificó rápidamente la puerta del almacén de víveres entre las otras doce que se abrían en el pasillo central del primer nivel. Y se dirigió hacia ella.

Estaba a punto de situar la mano enguantada sobre el sensor de apertura cuando algo la detuvo.

No fue una sensación, ni un presentimiento, sino algo muy concreto: la puerta contigua lucía un rótulo demasiado tentador como para pasarlo por alto:

ARCHIVO GENERAL

Trató de olvidarlo y centrarse exclusivamente en su plan de huida. Extendió la mano izquierda sobre el sensor, solo unos centímetros por encima del cristal de lectura.

–Vamos, Elisa... –susurró para sí–. Lo importante es escapar de aquí de una maldita vez. Abre la puerta, coge tu moto y lárgate.

Pero ya mientras lo decía, sabía que no iba a hacer caso de sí misma. La curiosidad era demasiado fuerte.

Apretó los dientes mientras inspiraba con fuerza y volvió sobre sus pasos.

Apenas un par de segundos después de que una luz verdosa leyese la superficie del guante maestro, la puerta del archivo se abrió, con un leve susurro.

Era una sala muy amplia, de paredes revestidas de pequeños monitores, conexiones, consolas para teclados, bocas de carga para terminales de información...

Elisa se dirigió hacia la consola principal y pronto descubrió la manera de solicitar la ficha personal de los alumnos. No tenía muy claro lo que quería averiguar. En realidad, cualquier cosa que, en el futuro, le sirviera para desquitarse de aquella canallada.

–Empezaremos por Sirius –se dijo, mientras tecleaba el nombre en el espacio establecido para ello.

Allí estaba. Bien. Ya lo tenía.

Pero lo que apareció en la pantalla era lo último que esperaba.

Una foto de Sirius. Un código de puntos. En grande, en rojo: Proyecto Tesauro. Debajo, en letras más pequeñas, en negro:

Modelo «Gagarin» -13

Unidad 252

Año de fabricación: 2245

Luego, una infinidad de datos técnicos.

La frase «¿Quiere acceder a los esquemas?» parpadeaba en el ángulo inferior izquierdo de la pantalla.

–Sí –dijo Elisa, tras leer lentamente la ficha tres veces.

Tras la aceptación, apareció un largo menú informático: Circuitos bioelectrónicos. Red neuronal. Unidad cerebral, nivel uno. Nivel dos. Nivel tres...

Elisa se llevó las manos a los huesos temporales y apretó con fuerza, sin poder apartar los ojos de la pantalla del monitor.

–No puede ser... no puede ser... –se repetía a sí misma, una y otra vez, en un susurro.

Pero los datos seguían apareciendo, uno detrás de otro, confirmando más y más lo impensable, hasta que ya no hubo lugar a la duda.

–Sirius es... una máquina –silabeó Elisa, muy despacio, aún incrédula.

Consultó su reloj. Llevaba allí más de cinco minutos. No podía permanecer mucho más tiempo sin arriesgarse a ser descubierta. Pero necesitaba saber más.

Volvió al menú principal y seleccionó las fichas de sus compañeros de curso.

Fueron apareciendo uno tras otro y eran todas similares a la ficha de Sirius. Solo cambiaban algunos datos. El modelo, el año de fabricación... Cuando el monitor le mostró la ficha de Uvedoble, los ojos de Elisa se llenaron de lágrimas.

–No puede ser... –gimió Elisa.

INFORME 4

El debate sobre los seres biomecánicos –antiguamente llamados androides o, simplemente, droides– se ponía cíclicamente de actualidad. Se sabía que grandes corporaciones industriales venían trabajando desde hacía más de dos siglos –y con especial intensidad en las últimas seis décadas–

en ambiciosos proyectos destinados a fabricar seres artificiales indistinguibles de los seres humanos.

Hacía ya mucho tiempo que se fabricaban animales biomecánicos, pero las aplicaciones de los mismos resultaban escasas y poco atractivas comercialmente, como la de proporcionar mascotas a precios exorbitantes. El verdadero reto consistía, por supuesto, en replicar seres humanos.

El advenimiento de la verdadera inteligencia artificial a finales del siglo XXI –ordenadores con conciencia de sí mismos– había dado el empuje definitivo a la posibilidad de fabricar hombres y mujeres artificiales. Algunas corporaciones industriales como ABM habían gastado cantidades ingentes de dinero en avanzar por ese camino. Sin embargo, el resultado de esas investigaciones era un secreto muy bien guardado. Había demasiado en juego como para suministrar la información no deseada a los competidores, de modo que los datos que llegaban al público eran escasos y casi siempre contradictorios.

Así, ese clima misterioso había dado pie a que todo lo relacionado con replicantes humanos biomecánicos adquiriese tintes de leyenda. Nada se sabía con certeza. Todo se imaginaba.

Las teorías iban de un extremo al otro. Desde quienes pensaban que la posibilidad de fabricar verdaderos replicantes estaba aún en mantillas y no se convertiría en realidad ni siquiera a largo plazo, hasta quienes se mostraban convencidos de que hacía décadas que los habitantes de todos los mundos conocidos convivían sin saberlo con seres biomecánicos, tan absolutamente idénticos a las personas de carne y hueso que resultaban imposibles de identificar.

Incluso había personas, víctimas de una patología psíquica cada vez más frecuente, que estaban convencidas de ser el último representante de la raza humana y de vivir absolutamente rodeados de seres artificiales que habían sustituido ya por completo a los humanos.

La verdad, como siempre, se encontraba a medio camino.

Fin del INFORME 4

Bastaron unos segundos para que Elisa sintiera crecer la ira en su interior. Ahora empezaba a comprenderlo todo.

La habían utilizado. Aquel no era un colegio corriente; ni siquiera un colegio para huérfanos. El «Gagarin» era un colegio para el adiestramiento de seres biomecánicos y ella formaba parte de ese adiestramiento.

Ahora empezaba a entender el interés del director Martin en que hiciera gala de su capacidad para improvisar, para responder de modo no convencional a las situaciones, para utilizar su intuición y su ingenio. Su presencia en el «Gagarin» era una constante fuente de información para los alumnos. Información sobre algo dificilísimo de explicar e imposible de entender para una máquina: las reacciones emocionales de un humano verdadero.

Por eso la habían presionado de ese modo. Habían puesto a todos en su contra desde el primer momento para obligarla a sacar lo mejor de sí misma, lo más profundo, lo más humano: el instinto de supervivencia, la capacidad de luchar contra las adversidades. Y que, de este modo, los malditos aprendices de androides pudiesen estudiar sus lecciones.

Se sintió, de pronto, como un mono de laboratorio. Y una rabia inaudita le nubló la vista. Sobre todo, cuando pensó en la posibilidad de que su padre no hubiese sido engañado, como ella, sino que estuviese al corriente de todo. Que se hubiese prestado a aquel juego sin contar con ella.

Si había sido así, no se lo perdonaría nunca.

En cualquier caso, la lección había terminado.

La huida

Al llegar ante la puerta del almacén, contuvo el aliento. Ahora ya no podía fiarse de nada y quizá la ayuda de Hamlet y Uvedoble no fuera sincera, sino que formase parte del plan que los dirigentes del «Gagarin» habían establecido.

En cualquier caso, solo tenía un medio de saberlo: seguir adelante.

Apoyó la palma de la mano izquierda sobre el lector óptico situado junto a la puerta y esperó –con el corazón desbocado por la rabia– a que la luz verdosa leyese la superficie del guante maestro.

Funcionó.

El fondo del panel cambió a verde intenso. La puerta, corredera, se deslizó hacia la derecha con un sonido que no pasó de susurro.

Elisa respiró hondo y entró; cogió con la mano la linterna que Wendy le había proporcionado y la encendió para echar un primer vistazo. El almacén era tan grande que el haz de luz, no demasiado intenso por otra parte, se perdía en la lejanía sin rebotar contra la pared opuesta. Sin embargo, sí le sirvió a Elisa para identificar desde el primer momento la silueta de grandes embalajes de mercancías almacenadas allí, al parecer sin demasiado orden.

Comenzó a buscar su moto, esperando que no se hubiesen tomado la molestia de embalarla.

No le llevó demasiado tiempo dar con ella. El corazón le dio un brinco cuando la vio. Estuvo a punto de gritar de alegría. Allí estaba, dispuesta para el uso sin más operación que desmontarle los soportes de estacionamiento, lo que podía llevarse a cabo en muy pocos minutos.

Así lo hizo. Y acto seguido, sin tomar ninguna precaución, no pudo resistirse a ponerla en marcha y comprobar si funcionaban todos los controles. Luces de muy variados colores iluminaron enseguida el salpicadero. La moto –una Ossa Estelar Siglo– parecía estar en perfecto estado. Y el nivel de energía era lo bastante alto como para llegar sobradamente a Nuevo París.

Al menos esto estaba saliendo bien.

Recordó entonces su última conversación con Hamlet y Uvedoble.

–Bien. Supongamos que, por fin, encuentras tu moto, logras ponerla en marcha y, además, tiene suficiente energía. Pregunta crucial: ¿Cómo vas a salir de la «Komsomol»?

–Pues... por la compuerta de carga del almacén ¿no?

–Imposible –se había apresurado a responder Hamlet–. No hay forma de abrir una compuerta de acceso al exterior salvo desde el control central. Ni en ese almacén ni en ningún otro. Es una norma primordial en cualquier nave espacial.

–Lo imaginaba –había dicho Elisa–. Pero confiaba en que tuvieras una forma de acceder al control central.

–No la hay. O, al menos, no conozco ninguna que esté a nuestro alcance. Incluso contando con que descubriesen que Wendy y yo te habíamos ayudado.

–¿Entonces? –había preguntado Wendy.

Elisa se había frotado los ojos para disipar parte del cansancio que la invadía. Luego, había mirado a Hamlet.

–Tengo una idea... pero no sé si es factible.

–A ver...

–Según parece, dos de las seis bodegas de carga de la «Komsomol» están inutilizadas. Son las dos inferiores, las que soportaron el impacto cuando se estrelló la nave contra el suelo del planeta.

–Sí, así es –había confirmado Hamlet–. Esas dos bodegas sufrieron grandes desperfectos en el accidente y no se utilizan.

–Sirius me dijo que ni siquiera están presurizadas.

–En efecto –había respondido Hamlet, tras hacer memoria.

–¿Por qué no lo están?

–No lo sé. Quizá para ahorrar energía.

Elisa había torcido el gesto.

–Lo que yo creo es que resultan imposibles de presurizar

porque, posiblemente, presentan grandes grietas o boquetes en la superestructura, a consecuencia del impacto –había aventurado Elisa con toda intención.

–¡Ya lo entiendo! –había exclamado Wendy Darling–. Y esas grietas podrían ser lo bastante grandes como para que una moto pudiese salir al exterior a través de ellas.

–Exacto.

–Pero estamos casi en las mismas –había apuntado entonces Hamlet–. ¿Cómo conseguir entrar en esas bodegas de carga? El guante maestro no sirve. Yo podría conseguirte la clave para entrar en la sala de escafandras pero no la de acceso a la bodega, que solo conoce el personal especializado.

Elisa había sonreído.

–No olvides que yo ya he estado en una de ellas.

–¡Es cierto! –había dicho Wendy–. El calistano la llevó a pasear por el bosque de la bodega cuatro. ¡Seguro que Elisa tomó buena nota del método que utilizó para entrar en ella!

–No te quepa la menor duda –había confirmado la terrestre–. Vi cómo Sirius colocaba una banda digital sobre un lector óptico. Luego, leía un número en la bocamanga, que es el que nos permitió el paso.

–¿De qué color era la banda digital? –había querido saber Hamlet.

–Azul claro.

–Entonces, pertenecía a las brigadas de exteriores. Puedo intentar conseguirte una. O tratar de hacer una buena copia.

Y así lo había hecho. Ahora, se acercaba el momento de averiguar si las molestias que se había tomado Hamlet daban el resultado apetecido.

Elisa quitó los soportes de estacionamiento de la moto, saltó a su grupa y accionó el acelerador. Con un suave zumbido, el vehículo se elevó unos centímetros del suelo y avanzó lentamente hacia la compuerta de entrada al almacén.

Al llegar frente a ella, la chica se detuvo y llenó completamente de aire sus pulmones, mientras volvía a recordar otro retazo de la conversación.

–A partir del momento en que abandones el almacén, empezará lo más peligroso –había predicho Hamlet–. La maniobra de distracción ya habrá terminado y será imposible iniciar otra sin levantar sospechas. De modo que los vigilantes ya habrán vuelto a su tarea. Tendrás que salir del almacén de víveres y dirigirte a la compuerta de una de las dos bodegas inferiores de carga. Lamentablemente, las dos compuertas están situadas en el segundo nivel. Tendrás que subir hasta él desde el nivel uno a través del hueco central. Te hará falta muchísima suerte para que no te vean.

–Mantente tanto como puedas en la zona de «sombra». Nosotros podremos seguir observándote con mis prismáticos infrarrojos y avisarte cuando llegue la ocasión.

El momento había llegado.

–No se decide –comentó Wendy.

–Claro que no. Es imposible que no la descubran. Los

vigilantes no hacen más que dar vueltas alrededor del hueco central. ¡Vaya par de inútiles! Podríamos estar desvalijando un laboratorio y no se enterarían de nada.

–Sí. Pero, casualmente, no estamos desvalijando un laboratorio sino intentando llegar a la compuerta de la bodega dos. Y nos están fastidiando a base de bien.

Hamlet y Wendy observaban a Porthos y Aramis desde el quinto nivel. De pronto, el chico se puso en pie.

–¿Adónde vas?

–Esto puede durar toda la noche. Habrá que mover ficha.

–¿Qué vas a hacer? ¡Oye! ¡Hamlet...!

Hamlet descendió hasta el cuarto piso y caminó despreocupadamente a espaldas de los dos guardas, que ni siquiera se apercibieron de su presencia. Tuvo que pasar de nuevo. Esta vez carraspeó de modo ostensible para llamar su atención.

–¡Eh! ¡Alto! ¿Quién está ahí?

Hamlet se detuvo y puso cara de primo.

–¡Holahola! Soy yo, Hamlet, de mantenimiento. He tenido una llamada. Vengo de arreglar una toma de aire comprimido que perdía presión.

–Ah. ¿No era Yorick quien estaba de guardia en la sección de mantenimiento?

–¡Ah, pobre Yorick! Lo han llamado para otra urgencia en el séptimo nivel y me ha tenido que pasar el encarguito. Menos mal que era poca cosa. Por cierto... no quisiera alarmarles pero hace unos cinco minutos me ha parecido escuchar un par de disparos.

Los dos vigilantes cruzaron una mirada resignada.

–Pues... sí. Sí, hemos sido nosotros. Alguien había dejado un viejo reproductor de sonidos a todo volumen en mitad de un pasillo y hemos tenido que callarlo.

–¿Un reproductor de sonidos? ¿De los que funcionaban con discos brillantes?

–No –respondió Aramis–. Me ha parecido que cargaba una especie de... de pequeña bobina de cinta marrón.

–¡Cinta magnética! –exclamó Hamlet, abriendo mucho los ojos–. Puede tratarse de una verdadera antigüedad. ¿Ha quedado muy estropeado por los disparos?

–Bastante, sí –reconoció Porthos–. Soy un buen tirador, modestia aparte.

–Es una lástima. Algunos de esos aparatos pueden valer incluso varios millones.

–¿Qué? ¡Varios millones! ¡Oh, galaxias! ¡Serás bestia, Porthos!

–¿Dónde están los restos? –preguntó Hamlet–. Soy muy aficionado a esos aparatos y quizá me fuera posible restaurarlo.

–Los hemos tirado a un contenedor de no-reciclables –reconoció Aramis–. ¡Vamos, vamos! Quizá podamos recuperarlo. ¡Maldita sea! ¿Varios millones has dicho?

–Determinados modelos, incluso más.

En cuanto vio que Hamlet y los dos guardias se alejaban del hueco central, Wendy corrió a la barandilla y aspaventó hasta que Elisa se fijó en ella. Le indicó con gestos que el camino estaba libre y cuando la vio ascender hasta el segundo nivel a lomos de su moto ingrávida, se preguntó por qué estaba tan seria si todo parecía estar saliendo a pedir de boca.

–Suerte, Elisa –murmuró.

–De todos modos –había dicho Hamlet–, el principal problema puede ser atravesar con la moto la cabina de escafandras. Hay muy poquito espacio.

Elisa recordaba haber sonreído con cierta amargura.

–Si consigo llegar hasta el almacén, encontrar la moto, ponerla en marcha, subir con ella al segundo nivel y abrir la cabina de escafandras, ya me las apañaré para maniobrar con la moto y salir a la bodega de carga, no te preocupes.

–Sí me preocupo, Elisa. Se trata de una sala muy pequeña. Con el sitio justo para que un par de personas puedan enfundarse un traje espacial o una vestimenta aislante. No estoy seguro de que puedas introducir en ella una moto grande.

–Te digo que ya me las arreglaré.

–Los buenos deseos no bastan, Elisa. ¿Quieres escapar de aquí o no?

–Sí, claro que sí.

–Entonces, escúchame, porque te vas a encontrar con un problema adicional.

–Oye, ¿cuándo me vas a dar una buena noticia?

Hamlet había carraspeado, ligeramente molesto.

–La buena noticia es que me conozco la «Komsomol» como el pasillo de mi casa, puedo prever todas las dificultades con que te vas a tropezar e intentar encontrarles solución.

Elisa había alzado las manos.

–Vale, vale... tienes razón. Disculpa.

El «manitas» había utilizado entonces una pantalla de contraste para apoyar sus explicaciones con un sencillo dibujo.

–Mira: la sala de escafandras tiene forma rectangular. Así. ¿Ves? En uno de los lados cortos está la compuerta que comunica la sala con el módulo principal de la nave.

–La de las bisagras.

–Exacto. Y en el lado opuesto, una compuerta corredera automática, que es la que da acceso a la bodega de carga.

–Correcto.

–Como medida de seguridad, hasta que la compuerta de bisagras no está cerrada, es imposible abrir la corredera. Aunque marques el código de apertura correcto.

–Comprendo.

–Esto quiere decir que la moto no solamente debe pasar por las puertas sino que debe entrar en la sala... permitiendo que se cierre la compuerta de bisagras. Si no, no podrás salir de allí.

Elisa había mirado a Hamlet.

–¿Has dicho que no podré salir de allí o que no podré salir de allí...?

Hamlet había sonreído.

–Efectivamente, he utilizado puntos suspensivos. No podrás salir de allí... a no ser que anules el sistema de seguridad.

–¿Puedes enseñarme a hacerlo?

–Sí, puedo.

–¡Eh, eh, un momento! –había exclamado Wendy en ese momento–. Si Elisa anula el sistema de protección y abre el acceso a la bodega sin cerrar la otra compuerta... ¡Bueno! En la bodega de carga no hay presión ninguna. Solo vacío. Y las consecuencias de una despresurización brusca las conocemos todos: el aire de la nave escapa hacia el vacío provocando un

auténtico huracán capaz de arrastrar objetos y personas. En algunos casos, la fuerza del torbellino arranca bancadas de instrumentos atornillados al suelo. ¡Es como el infierno!

Hamlet había sonreído antes de dar respuesta a los temores de la selenita.

–Calma, Uvedoble... Realmente, el peligro no es tanto como crees. Las compuertas de bisagras, como las que aquí tenemos, se utilizan precisamente como elemento de seguridad. Siempre se abren hacia el interior de la nave, de tal modo que, si se produce una despresurización, la propia corriente de aire cierra la compuerta y eso acaba con el peligro.

–Ah...

Elisa había arrugado la nariz.

–Sin embargo... juraría que cuando entré con Sirius en la bodega del bosque... la compuerta de bisagras abría hacia fuera. Hacia la sala de escafandras.

–No. Eso no puede ser –había replicado Hamlet–. Nunca he visto accionar una de esas puertas pero... iría en contra de la lógica más elemental. Seguro que estás equivocada.

–¡Oh, no! ¡No! Maldita sea...

Wendy, que seguía los movimientos de Elisa desde el borde del hueco central de la quinta planta, se percató del problema de inmediato. Y Hamlet, que regresaba en ese momento junto a su amiga, tras deshacerse de la compañía de los dos vigilantes, escuchó sus lamentos.

–¿Qué ocurre?

–¡La compuerta de bisagras se abre en el sentido contrario, Hamlet! ¡Hacia fuera! ¡Hacia la sala de las escafandras!

–¡Qué dices! Eso no puede ser...

–¿Que no? –dijo Wendy pasándole a su compañero los prismáticos infrarrojos–. Compruébalo tú mismo.

A Hamlet le bastaron unos segundos.

–Maldita sea... tienes razón –se llevó la mano a la frente al tiempo que lanzaba un largo suspiro–. Oh... ya lo entiendo. La «Komsomol» era una nave de carga. Una de las mayores que se habían construido hasta entonces. Y en una nave de estas características, lo importante no es el módulo de mando. Ni siquiera la tripulación. Lo importante es la carga. ¡Los sistemas de seguridad se diseñaron al revés! ¡Están pensados para proteger preferentemente las bodegas y su contenido, no el módulo central!

–Está metiendo la moto en la cabina de las escafandras.

–No podrá cerrar la compuerta –predijo Hamlet–. Tenemos que pensar en una solución. ¡Y deprisa!

Elisa efectuó dos o tres intentos. Trató de inclinar la moto. Primero, levantando la proa hasta el techo. Luego, deslizándola por una de las paredes laterales. Pero resultaba completamente imposible cerrar la compuerta. La plataforma de sustentación de la «Ossa» tenía unas medidas solo ligeramente inferiores a las de la propia sala.

–No hay nada que hacer –se dijo.

Pese a todo, continuó con su plan paso a paso, esperando que se le ocurriese algo mientras tanto.

–No puede cerrar la compuerta de bisagra –anunció Wendy.

–Ya lo veo. Y mucho me temo que no haya solución. Tendrá que renunciar a escapar esta noche y buscar otro método. Estaba pensando que quizá sea posible subirla a la nave de suministros el próximo martes... En realidad son solo cuatro días...

–¡Oh, no...!

–¿Qué pasa?

Wendy, tumbada en el suelo, ajustaba el enfoque de los prismáticos infrarrojos.

–Acaba de enfundarse un traje espacial. Y si se ha acercado al cuadro de conmutadores más cercano a la puerta solo puede ser... para anular el sistema de seguridad. ¡Yo diría que pretende seguir adelante con el plan de huida!

Hamlet tardó solo un par de segundos en comprender lo que iba a ocurrir.

–¡Vámonos!

–¿Qué?

–¡Vámonos de aquí, Wendy! ¡Corre a encerrarte en tu habitación! ¡Si la despresurización nos coge en los pasillos vamos a acabar los dos como buñuelos de viento!

–¿Bu... ñuelos?

–¡Corre!

Tras anular el sistema de seguridad contravacío, Elisa apoyó sobre el escudo del pecho de su traje espacial la tarjeta digital que Hamlet le había proporcionado. La identificación iluminó en la bocamanga la clave alfanumérica que debía marcar para abrir el acceso a la bodega.

Compuso la clave en el teclado con excepción del último dígito –un tres– y respiró profundamente. Dibujó en su mente sus siguientes movimientos, que tenían que ser rápidos y seguros.

Tragó saliva.

Se colocó la escafandra, la ajustó y comprobó la estanqueidad.

Se aseguró de que su maleta estaba bien sujeta a la parrilla trasera de la moto y que esta estaba en marcha.

Apretó los dientes.

–Bien... Vamos allá, Elisa –susurró.

Wendy ya corría pasillo adelante.

Hamlet, por el contrario, optó por dirigirse a las escaleras con la intención de llegar hasta la posición de Elisa.

Bajó los tres pisos como una exhalación y corrió desesperadamente hacia la puerta de las bisagras.

–¡Espera, Elisa! ¡No lo hagas!

Pero Elisa ya no podía oírle. Y aunque lo hubiese hecho, posiblemente no habría cambiado de parecer.

Con un último escalofrío, que resumía el cataclismo que estaba a punto de originar, apoyó el dedo índice sobre el «3» del panel alfanumérico y completó la clave. De inmediato, saltó sobre el asiento de la moto y oprimió el instalador del cinturón magnético de seguridad, sintiendo ya cómo se abría la puerta de acceso a la bodega comenzando con ello un vendaval terrorífico, de imprevisibles consecuencias.

Hamlet estaba ya muy cerca. Sabía que solo tenía una posibilidad entre mil pero quería intentarlo. Si lograba cerrar la compuerta corredera detrás de Elisa, tal vez el desastre no se completase.

–¡Elisa! ¡Espera, Elisa!

El sistema de apertura era muy lento. De inmediato, Elisa se apercibió de que la puerta tardaría no menos de tres o cuatro segundos en abrirse por completo. Y hasta que lo hiciera, no tendría hueco suficiente para pasar. Debía retener la moto durante ese tiempo, en lucha contra la violenta corriente provocada por la despresurización. Era un tiempo insignificante –apenas un suspiro–. Parecía imposible no lograrlo.

Medio segundo. Le faltó medio segundo. Quizá menos.

Incapaz de controlar por más tiempo el vehículo, sintiendo que el viento podía arrancarla del asiento en cualquier momento a pesar de la sujeción del cinturón, decidió lanzarse hacia adelante.

Diez centímetros. Le faltaron diez centímetros. Quizá menos.

Cuando atravesó como una centella el umbral de acceso a la bodega de carga, el hueco era aún demasiado estrecho y no pudo evitar que la parte trasera izquierda de la plataforma de su moto golpease el marco de acero y titanio.

–¡Oh, no! ¡Maldita sea! –gritó Elisa, al sentir el impacto, que la desviaba de la trayectoria elegida.

La fuerza del viento y la del propio impulsor de la moto la catapultaron al interior de la bodega de carga con fuerza y velocidad inauditas.

Hamlet llegó tarde por muy poco.

Le faltaban solo unos metros cuando sintió que el aire enloquecido lo levantaba en volandas y lo empujaba hacia delante con la fuerza de un tren expreso.

Los últimos segundos transcurrieron lentamente. En silencio.

Vio a Elisa zambulléndose en la bodega de carga a lomos de su moto; golpeando, sin embargo, el marco de la puerta en su salida. Le deseó buena suerte, de todos modos.

Se dio cuenta de que él iba a pasar demasiado lejos del panel alfanumérico. Pese a todo, estiró el brazo, en un úl timo e inútil intento de accionar el mecanismo de cierre de la compuerta.

Se dio cuenta de que se iba a estrellar contra la parte superior del umbral de acceso a la bodega y de que ese sería su fin.

Deseó que no hubiese dolor, al menos.

Y no lo hubo.

La moto de Elisa entró en la bodega completamente fuera de control. Solo las amplísimas dimensiones del cilindro impidieron que se estrellase contra las paredes interiores.

Estaba oscuro. No había contado con ese detalle. Fuera, era de noche. Y aquella bodega no recibía energía de la nave, como la que albergaba el bosque. Así que todo estaba oscuro como el Limbo.

Con un rápido movimiento de su pulgar derecho, Elisa encendió los faros de la moto. Lo primero que iluminaron fue una pared, metálica y cóncava, aproximándose a una velocidad escalofriante. De modo instintivo, Elisa corrigió la trayectoria en el último instante y la moto se inclinó de un modo inverosímil hasta casi lamer el interior del cilindro pero, milagrosamente, sin llegar a golpear la superficie.

La «Komsomol» crujió siniestramente de parte a parte.

La vieja nave estaba agotada. Diseñada para viajar por el espacio exterior, treinta y dos años de constante gravedad –aun de la leve gravedad de Marte– habían acabado por derrotarla. Su estructura estaba cansada; fatigados sus materiales; retorcidas sus líneas maestras.

Irónicamente, la primera en ceder fue la compuerta de seguridad. Sus bisagras se partieron como si hubieran sido fabricadas con azúcar glasé. El disco de acero, de más de dos metros de diámetro, rodó como una gigantesca moneda hasta estrellar sus diez toneladas de peso contra la pared que separaba la bodega de carga número dos del módulo principal, abriendo un boquete irreparable que redobló la fuerza de la corriente de depresión.

Ya volaban por los aires los contenedores de reciclables, las mesas del comedor, los largos bancos de exámenes, los armarios metálicos de los laboratorios, las taquillas de los alumnos, los aparatos de gimnasia... Todo en la misma dirección, en busca del vacío, enloquecidamente, hendiendo tabiques, derribando columnas, destrozando cristaleras en su camino. El agua de las piscinas bullía, como si hubiese cobrado vida en medio de aquel escenario al que llegaba la muerte.

Cuando logró hacerse con el control de su vehículo, Elisa se había introducido ya más de seis kilómetros en el interior de la gigantesca bodega; y volaba a tal velocidad que la pared del fondo se aproximaba de modo imparable.

Buscó situarse sobre el eje longitudinal del cilindro y, una vez allí, oprimió a fondo los frenos. Primero, sintió con alivio la inmediata reducción de la velocidad. Pero enseguida se percató de que no iba a ser suficiente para evitar el impacto contra la base del enorme cilindro, que ya ocupaba todo su campo visual. Se iba a estrellar irremediablemente.

Le quedaban muy pocos segundos y decidió utilizarlos en intentar una maniobra que solo había visto hacer a los pilotos de carreras.

Soltó el freno. Movió bruscamente el timón en un sentido y luego devolvió la maniobra suavemente. La moto, sin desviarse apenas de su trayectoria, comenzó a girar sobre sí misma. Y en el momento en que ese giro era exactamente de ciento ochenta grados y volaba, por lo tanto, completamente de espaldas, Elisa oprimió a fondo el impulsor.

La deceleración fue tan intensa que pensó que ni siquiera el cinturón magnético lograría retenerla sobre el asiento. La moto inició una sucesión de movimientos erráticos, que Elisa trataba de contrarrestar con golpes de timón mientras continuaba dando gas a fondo. Se le nubló la vista durante unos instantes y a punto estuvo de perder el conocimiento.

Pero, por fin, apenas a una veintena de metros del muro metálico que habría significado su muerte, el vehículo se detuvo y comenzó a acelerar en sentido contrario. ¡Lo había conseguido!

Al otro extremo del cilindro, apenas a diez kilómetros de distancia, el desastre del «Gagarin» se estaba consumando.

Pero eso a Elisa ya no le importaba.

Martes, 20 de septiembre, 8:30 horas

Banca Europea

Elisa aparcó su moto en una de las más céntricas y concurridas calles de Nuevo París. Miró disimuladamente a su alrededor, intentando descubrir si alguien la seguía o la miraba de forma sospechosa.

Al parecer, no.

Entró con paso firme en la oficina principal de la Banca Europea. Aquí sí, todos la miraron. Resultaba chocante con su maleta en la mano.

–¿Desea algo? –le preguntó un hombre vestido a la moda de los empleados de banca, con zapatos gris perla y pañuelo al cuello.

–Quiero sacar algo de efectivo.

–¡Oh! Bien. ¿Tiene usted tarjeta de cuenta?

Elisa suspiró profundamente.

–No. La he... olvidado. Compruebe mi identidad, por favor.

El empleado asintió y sacó del bolsillo de su camisa un comprobador estándar de bolsillo que enfocó directamente a la pupila derecha de Elisa.

–¿Cuánto dinero desea? –le preguntó el hombre mientras terminaba de ajustar el aparato.

–Mil.

–Es una bonita cantidad. Veamos... Mire hacia la luz, señorita...

–Lozano.

–Bien. No parpadee ahora, por favor. Gracias, ya está. En unos segundos tendremos aquí su saldo...

Un ligero silbido electrónico anunció la llegada del mensaje a la pantalla del empleado que, de pronto, se rascó la barbilla, sonrió y, murmurando una excusa, fue en busca de otro hombre de más edad.

–¿Ya está? –se impacientó Elisa–. La verdad es que tengo algo de prisa.

El nuevo empleado leyó la pantalla y carraspeó tres o cuatro veces. Luego, miró a Elisa y sonrió falsamente.

–Mucho me temo que no vamos a poder entregarle cantidad alguna en efectivo, señorita...

–Lozano. Se llama Lozano –aclaró el más joven, en voz baja.

–¿Qué? –exclamó Elisa–. ¿De qué está hablando? No me venga con esas. Había en mi cuenta varias decenas de miles hace unos días. Mi padre está ahora mismo navegando hacia el límite del sistema solar a la velocidad de la luz, así que nadie ha podido sacar dinero de ella. ¿Quiere comprobar otra vez el saldo, por favor?

El hombre se encogió de hombros al tiempo que se encaraba con Elisa.

–Me temo que el problema no es el saldo, señorita, sino la cuenta.

–¿Qué pasa con la cuenta?

–Simplemente... que no existe. La Banca Europea no tiene ninguna cuenta a su nombre. Quizá se ha confundido usted de entidad...

Elisa miró fijamente al empleado, esperando que de pronto se echase a reír diciendo: «Has picado, has picado, todo es una broma». O algo parecido.

Pero ni siquiera sonrió. Ni mucho menos, dejó entrever que hablase en broma ni por lo más remoto.

–Tiene que haber un error –dijo Elisa–. Mi padre es cliente de su banco desde hace muchos años. Los dos figuramos como titulares de las cuentas. Podría... podría comprobarlo por sus apellidos. Su nombre es Roberto Lozano Bolkian.

–Lo siento –respondió el hombre casi a renglón seguido–. No figura nadie con ese nombre entre nuestros actuales impositores. Ni tampoco en nuestro banco de datos de antiguos clientes. Su... padre no es ni ha sido jamás cliente de la Banca Europea. Se lo puedo asegurar.

–¿Le importaría comprobarlo?

–Ya lo he hecho. Por dos veces, mientras usted hablaba. Nuestros ordenadores son muy rápidos.

Cuando Elisa salió a la calle, se encontraba entre atónita y asustada. La situación era delicada y se resumía muy fácilmente: en Marte, sin dinero y sin amigos.

Se sentó en uno de los escasos bancos de la calle, cosa absolutamente inusual en una ciudad como Nuevo París, donde nadie tenía tiempo para nada. Necesitaba encontrar una solución. Y pronto.

Pensó en acudir a la policía. No es que la policía de Marte tuviera muy buena fama pero...

Un momento. Había otra posibilidad.

Entró en un comercio donde vendían puzzles y juegos de azar y, poniendo cara de estar en un apuro, pidió el directorio de la ciudad. Buscó la delegación de la Agencia Espacial Europea y preguntó al dueño de la tienda cómo llegar hasta allí.

ESA

Era un gran edificio metálico y brillante, con las letras ESA en azul europa sobre la fachada.

Detrás del mostrador de recepción había un hombre de pelo muy corto, enfundado en un traje también de color azul europa.

–¿Qué deseas?

Elisa respiró hondo. La verdad es que no sabía por dónde empezar.

–Tengo un problema –fue lo primero que se le ocurrió.

Todo el mundo en la ESA fue muy amable. Pasó por varias dependencias, donde tuvo que explicar su situación una y otra vez. Terminó en un amplio despacho donde fue atendida por una mujer –la primera que veía desde su llegada al edificio.

–Pasa, Elisa. Me llamo Kelly. Grace Kelly. ¿Cómo estás?

Parecía una terrestre de origen, de piel muy oscura y dientes blanquísimos que aún lo parecían más a causa del violento contraste.

–Bien, señora. Encantada de conocerla –dijo Elisa, dándole la mano.

–Según parece, andas buscando a tu padre.

–No exactamente, señora. Sé bien dónde se encuentra. Ya se lo he dicho a los tres compañeros suyos con los que he hablado antes: en estos momentos se halla de camino a la estación Baena-Seis.

–Dices que es psicólogo cibernético...

–De los buenos. De los que se encargan de auténticas emergencias.

–Ya.

–Mi padre... salió en viaje de trabajo hace cinco días. No regresará hasta dentro de once meses y, por alguna razón, nuestro banco niega tenernos como clientes, así que... estoy en un buen apuro. Confiaba en que ustedes me ayudasen a encontrar una solución.

La mujer amagó una sonrisa de cortesía.

–Te aseguro que lo haríamos sin dudar... si nos constase de alguna forma que tu padre es uno de nuestros empleados.

Elisa sintió una punzada en el estómago. Y que le faltaba el aire en los pulmones.

–¿Qué quiere usted decir? Por supuesto que él trabaja con ustedes. Siempre me dijo que trabajaba para la ESA. Había firmado hace años un contrato para participar en cinco misiones. Esta era la última de ellas. Después de esto no... no nos íbamos a separar nunca más.

Elisa tuvo la sensación de que, incluso a ella, la historia le sonaba extraña.

–Eso es algo muy raro. En la ESA no ofrecemos contratos de ese tipo. Ni creo que los hayamos ofrecido nunca. La verdad, no sé qué decirte. Solo que... resulta insólito que tú poseas tantos datos y, sin embargo, no podamos confirmar ninguno de ellos.

–¿Qué es lo que no pueden confirmar?

–Es lo que intento decirte: la ESA no tiene bajo contrato a ningún psicólogo cibernético llamado Roberto Lozano Bolkian. Tampoco figura nadie llamado así entre el resto de nuestros empleados permanentes o, incluso, entre quienes trabajan para nosotros esporádicamente. Hemos rastreado nombres y apellidos similares, por si hubiera un rarísimo error de transcripción y tampoco hemos obtenido resultados.

Elisa sintió que se mareaba. Respiró lenta e intensamente hasta encontrarse mejor.

–No entiendo... ¿Qué significa eso? ¿Puede usted explicarme qué significa eso que usted me dice? Es que... no entiendo...

–Solo puede significar que estás en un error. Tu padre no trabaja para la Agencia Espacial Europea.

–¡Claro que trabaja para la ESA! –gritó Elisa, sintiendo que perdía los nervios por momentos–. ¿Es que no me ha escuchado? ¡Llevo toda la vida oyéndoselo decir!

Grace Kelly comenzó a sentirse realmente incómoda.

Le disgustaban las personas que negaban lo evidente. Así que decidió cambiar de conversación.

–Tengo un amigo en la NASA, en el departamento de personal; al ver que no aparecía en nuestra base de datos, le he pedido que comprobase el nombre que nos has dado. El nombre de tu padre, quiero decir. A veces... en fin, no es difícil confundir la ESA con la NASA.

–¿Me toma por idiota? –gritó Elisa–. ¿Cree que no sé distinguir la ESA de la NASA?

–En cualquier caso... tampoco los americanos tienen registrado entre su personal a ningún Roberto Lozano Bolkian, sea psicólogo o no. Espero que entiendas lo que eso significa. Tu padre... bueno... supongo que estará en algún sitio y trabajará en alguna empresa pero... no en la nuestra. Ni en la NASA.

Elisa se dejó caer en un sillón cercano con la cara sobre las manos.

–Esto es una pesadilla. Tienen que... haberse borrado sus datos. ¡Eso tiene que ser! De alguna manera... alguien... ha borrado los datos de mi padre.

–Es una posibilidad tan remota que yo, sinceramente, no la tendría en cuenta. Ahora, si me disculpas... creo que ya no puedo hacer nada más por ti.

Elisa contempló con la boca abierta cómo Grace Kelly se alejaba de ella con prisas. Antes de que hubiese dado cuatro pasos, la llamó.

–¡Espere! Espere un momento, señora Kelly. Mire: olvídese del nombre y los apellidos. Haga solo una comprobación más, por favor. Consulte... consulte si hay una emergencia en la estación espacial Baena-Seis. Verá cómo el ordenador principal está a punto de caer en una depresión. Y compruebe si han llamado a un psicólogo cibernético que salió hacia allí el pasado día 15 en la lanzadera de Titán para enlazar con el Correo de las Colonias. Pues bien: esa persona... ese psicólogo tiene que ser mi padre, use el nombre que use. Si pudiera usted identificarlo...

La mujer alzó las manos. Había introducido los datos conforme Elisa se los exponía y ya tenía respuesta.

–Elisa... lo siento pero... no se da ninguna de las circunstancias que has descrito. No hay ninguna emergencia, no hay ningún psicólogo cibernético de camino a las estaciones espaciales... Por no haber, ni siquiera existe una estación espacial, sea nuestra o de otra agencia, registrada con el nombre de Baena-Seis.

Nuevo París Sur

La Comisaría de Policía del Sur presentaba tan mal aspecto como cabía esperar. Era bien sabido que los cuerpos de seguridad de Marte, con escasas excepciones, se alimentaban de exdelincuentes supuestamente rehabilitados tras cumplir condena. Se trataba de una de las consecuencias de que el planeta rojo hubiese sido utilizado como presidio durante cuatro décadas.

En cualquier caso, para Elisa aquel edificio representaba su última esperanza.

–Adelante –se dijo Elisa.

Allí parecía haber estallado una revuelta. Era como una pesadilla de aspecto real. Como una de aquellas películas antiguas que a veces veía con su padre, en la que buenos y malos se zurraban de lo lindo.

Tipos malcarados, grandes como castillos, se enfrentaban a grito limpio a grupos de policías, tan grandes y tan malcarados como ellos pero, además, armados con una especie de porras eléctricas que desprendían chispazos amarillentos.

Sin embargo, otros policías se dedicaban a tareas administrativas sin prestar demasiada atención a las diferentes refriegas. Elisa no tardó en comprender que no se inmutaban porque ese era el ambiente en que vivían a diario durante toda su jornada de trabajo.

–¿Qué quieres, chica?

Se había acodado en un mostrador y, como por arte de magia, al otro lado acababa de aparecer un hombre ya mayor, de abundante pelo plateado y que hablaba con fortísimo acento marciano.

–Hola. Quiero... presentar una denuncia contra el Banco Europeo.

El policía, que lucía en el pecho un cartelito de diodos luminiscentes con la leyenda «Sargento S. Belarmino», alzó las cejas hasta casi ocultarlas bajo su flequillo.

–Anda, no me vengas con bromas. ¿No ves el follón que tenemos aquí?

–Lo digo en serio. Estoy sola. Mi padre no regresa de un viaje hasta mayo del año que viene. Tenemos todo nuestro dinero en el Banco Europeo y ellos no quieren dármelo. No tengo ni para comer.

Esperaba haber sido lo suficientemente clara y concisa.

El policía frunció el ceño durante unos segundos, como asimilando la información. Por fin, se le acercó, apoyando el antebrazo izquierdo sobre el mostrador. Le habló en tono supuestamente confidencial.

–Si quieres, te digo cómo atracar la sucursal de la calle Nueve. Era a lo que me dedicaba antes de ser policía. La de la Nueve es la más fácil de la ciudad. Mucho más fácil que conseguir que prospere una denuncia contra el Banco Europeo. Y, por descontado, mucho más productivo a corto plazo.

–Lo pensaré, gracias –dijo Elisa siguiéndole la broma–. Pero de todos modos, me gustaría presentar la denuncia.

El policía resopló groseramente mientras ponía en marcha la grabadora de datos.

–Está bieeeen. ¿Tu nombre?

–Lozano Costa, Elisa.

–¿Edad?

–Dieciséis.

–Origen.

–Europa.

–Se dice Europa-Júpiter.

–¡No soy de Europa-Júpiter! Soy de Europa. Europa de la Tierra.

El hombre alzó el rostro y lanzó una mirada afilada sobre Elisa.

–¿Eres terrestre?

–Claro que lo soy. Hasta la semana pasada ni siquiera había salido de la Tierra.

S. Belarmino la miró ahora detenidamente, por vez primera. De arriba abajo.

–La verdad es que sí lo pareces. ¿Y qué demonios haces aquí, en Marte, terrestre?

Elisa dudó entre decir la verdad o inventarse una historia. Pero no tenía una lo bastante bien pensada como para soportar sin problemas un mínimo interrogatorio.

–Estaba estudiando en el colegio «Gagarin».

El policía detuvo la transcripción.

–¿Qué diantres es el colegio «Gagarin»?

–Es... un internado interplanetario.

–¿Aquí? ¿En Nuevo París?

–No exactamente. Está en el fondo del Tercer Canal. Ocupa el módulo principal de una antigua nave de carga, la «Komsomol».

El policía se rascó largamente la patilla izquierda.

–Déjame ver tu identificación –dijo de pronto.

–¿Qué identificación?

–¿Cómo que qué identificación? Todos los terrestres llevan una identificación personal. Una chapa metálica con sus datos a la que llaman «el carné». Es una de esas estúpidas tradiciones que los terrestres llevan tan a gala y que proceden del siglo quince o veinte o algo así. ¿Dices ser terrestre y no sabes qué es la identificación? ¡Vamos..!

–¡Sí, lo sé! Sí, claro, el carné. Pero... no tengo identificación... todavía. No es obligatoria hasta cumplir los veinte años.

El policía sonrió levemente.

–¡Fallo! No es obligatoria si no abandonas la Tierra. Pero si de verdad vivías allí, has necesitado tu identificación para poder entrar en Marte.

Elisa se sentía infinitamente cansada.

–Puede identificarme por el iris, como a todo el mundo –dijo Elisa, en un intento de desviar el tema.

–¿Tienes esa condenada chapa de identificación o no?

–¡No, no la tengo, maldita sea! –gritó Elisa–. ¡Quizá la tenía y la he perdido! ¡No me acuerdo! ¡Míreme el ojo de una puñetera vez y compruebe mi identidad!

El policía se la quedó mirando unos segundos.

–Hay que reconocer que te comportas como una condenada terrestre. Pero no me vuelvas a gritar. ¿De acuerdo?

–De acuerdo, sargento.

Belarmino sacó el identificador de iris, que tenía el aspecto de una pequeña linterna y además lucía como tal. Dirigió el extremo luminoso hacia el ojo izquierdo de Elisa y apretó el botón. En cuanto se apagó la lucecita, el policía introdujo el aparato por su extremo opuesto en un soporte conectado a su mesa de trabajo.

–Necesito la identificación del sujeto –le dijo a la máquina–. Dice ser terrestre.

En menos de cinco segundos, el ordenador central había comparado el iris de Elisa con los de los casi cinco mil millones de terrestres censados en esos momentos y ofreció su respuesta al suboficial de la policía marciana en forma de rótulo luminoso suspendido en el aire, a veinte centímetros de sus ojos.

–¿Sabes leer al revés, chica? –preguntó el hombre, señalando con el índice el mensaje, que Elisa podía ver desde el lado opuesto, como reflejado en un espejo.

Tardó muy poco en leerlo; pero algo más en comprender su significado.

–Identificación... negativa. Eso pone ¿no? ¿Qué diablos significa...?

–Significa que me has mentido. No eres terrestre.

–¿De qué está usted hablando? ¡Soy terrestre! ¡Europea! ¡Europea del sur! ¡Me llamo Elisa Lozano Costa y mi padre es el psicólogo cibernético Roberto Lozano Bolkian!

–Quizá te llames así y tu padre sea quien dices. Pero no eres terrestre. No figuras en el censo de la Tierra.

–¡Eso es imposible! ¡Nací allí y allí he vivido durante dieciséis años!

El policía alzó las manos, como para protegerse del temporal.

–Déjame comprobar otra cosa: dices que el nombre de tu padre es Lozano Bolkian.

–Sí. Bolkian, con be de Barcelona.

–Con be... ¿de qué?

–Con be de... Betelgeuse.

–Ah. Y de nombre, Roberto ¿verdad? Identificación.

El rótulo luminoso apareció de nuevo a los pocos segundos. Y era idéntico.

–Parece que tu padre tampoco es terrestre.

–Esto es una locura. ¡Una verdadera locura! Ese aparato tiene que funcionar mal... –dijo Elisa, con un hilo de voz, dejándose caer en una silla cercana.

El sargento de policía cruzó los brazos sobre el pecho y miró a la chica durante unos segundos. Tenía una hija de su edad y no pudo evitar una cierta corriente de afecto.

–Oye, chica, Elisa... ¿quieres saber de dónde vienes?

–¡Sé de dónde vengo! ¡Vengo de la Tierra! –gritó Elisa, desgarradamente.

El hombre no replicó. Se limitó a esperar, cruzado de brazos. Y no tuvo que hacerlo por mucho tiempo.

–¿Puede hacer una identificación total? –le preguntó Elisa, por fin.

–Puedo hacerla. Si tú quieres.

La chica afirmó con la cabeza.

–Identificación sobre todos los censos disponibles –solicitó el policía al ordenador.

Esta vez, la respuesta tardó en llegar bastante más tiempo. Quizá cerca de un minuto.

Sin embargo, el rótulo luminoso volvió a ser exactamente el mismo.

–¿Identificación negativa? –dijo Elisa.

–¿Identificación negativa? –se preguntó Belarmino, sin ocultar su desconcierto.

–¿Qué... significa eso ahora, sargento?

Belarmino frunció el ceño, intentando dar con la solución al enigma.

–No puede ser... no estás en los censos. En ninguno. Y te aseguro que estamos perfectamente al día.

Elisa exhibió una sonrisa amarga.

–¿Me está usted diciendo... que no existo?

Rió el policía. Pero lo hizo con escasa convicción.

–No, mujer, no. Quiere decir que... bueno, no sé qué quiere decir. Pero está claro que existes. ¡Apolonio! ¿Puedes ver a esta chica?

Otro policía, también con galones de sargento, alzó la vista desde su mesa de trabajo.

–Claro que la veo. Y es muy guapa.

–¿Ves cómo existes? Si Apolonio te ve, es que existes.

–¿No le ha ocurrido nunca? –replicó Elisa de inmediato, ajena a la extraña broma del policía.

–¿El qué?

–El no conseguir identificar a alguien.

–Jamás –reconoció Belarmino, tras una pausa–. Dicen que existe un buen número de indocumentados en el universo. Pero no en los mundos habitados. Gente que nace en naves espaciales y no baja jamás de ellas... cosas así. Supongo.

El hombre calló, sin saber qué más decir. Al fin y al cabo solo era un sargento de la policía de Marte.

Elisa se había tapado la cara con las manos y comenzó a sollozar. Otros policías contemplaban la escena desde distintos puntos de la sala. A todos ellos se dirigió el sargento de forma enérgica:

–¡Cada uno a su trabajo!

Como si la orden fuera también para ella, Elisa se levantó de la silla, musitó un «gracias» apresurado y se dirigió a la salida.

–¡Eh! ¡Eh! ¿Adónde vas? ¡Chica! ¡Lozano!

Elisa se volvió hacia el policía con el rostro borroso por las lágrimas.

–Tengo que volver a la Tierra, sargento. Tengo que volver.

–No digas bobadas –dijo el hombre, acercándose a ella–. No estás identificada. No puedes hacer nada. Ni sacar dinero ni, aunque lo tuvieras, comprar un billete para la Tierra. No puedes ir por ahí sin saber quién eres.

–¿Por qué? ¿Lo prohíbe alguna ley?

–Sí. Seguro que lo prohíbe alguna ley. Pero, sobre todo, no puedes andar por ahí sin ser nadie. No en Nuevo París.

–¿Por qué no?

Belarmino lanzó una huidiza mirada en derredor suyo, como para asegurarse de que nadie le escuchaba.

–¿Es que no lo entiendes? –preguntó, bajando el tono–. Un delincuente no tiene por qué responder del asesinato de nadie. O de la violación de nadie. Si te marchas de aquí siendo nadie no verás el próximo amanecer.

–¿Qué va a hacer? ¿Detenerme?

–Si es preciso, sí. Al menos, déjame conseguirte una identidad. Intentaré registrarte en el banco de datos. Es preciso que aparezca un nombre y un origen al leer tu iris. Desde ese momento, si nadie te reclama, ningún juez, podrás marcharte. Pero para eso necesitamos que seas alguien.

–Pero yo ya soy alguien.

–Ya, ya lo sé: eres Elisa Lozano, de Europa-Tierra. Bien. Pero, de momento, no lo puedes demostrar. Si, más adelante, encuentras pruebas de tu origen te será mucho más fácil solicitar un cambio de datos que explicar por qué no figurabas antes en el censo.

Elisa respiró hondo.

–De acuerdo, sargento. Y... gracias.

–¡Espere, sargento! –exclamó Elisa, cuando ya el policía tomaba los primeros datos–. Espere... Nos estamos olvidando de algo importante.

–¿De qué?

–De mi colegio. El colegio «Gagarin».

–Ah, sí... Me lo has dicho antes.

–Si he estado matriculada allí, a la fuerza tienen que poseer datos ciertos sobre mí. Quizá tengan la prueba que necesito sobre mi origen y mi identidad.

–Podría ser... Explícame otra vez dónde está ese colegio, ¿quieres?

–¿Pero es que no lo conoce? Ocupa las instalaciones de una nave de carga que se estrelló en el Tercer Canal. La «Komsomol». Pertenece a la Fundación ABM.

–Ah...

Elisa no necesitó volverse para saber que sus últimas palabras habían atraído la atención de una joven de piel bronceada, con el cabello corto y teñido de azul, al igual que las cejas y las pestañas, siguiendo la última moda femenina en Marte.

–Hola, sargento. Me ha parecido escuchar «Komsomol».

La mirada que el sargento Belarmino dedicó a la intrusa habló por sí sola de la potente mezcla de atracción y fastidio que su intromisión le producía.

–Señorita Hemingway... estoy en plena tarea. Vaya a buscar su reportaje diario a otra dependencia ¿quiere?

–Por si no lo recuerda, sargento, dediqué muchas semanas de trabajo a investigar la compra, hace dos años, de los restos de la «Komsomol» por parte de ABM. Para mi desgracia, los obstáculos que el gobierno del Hemisferio Norte puso a mi tarea me impidieron obtener pruebas con las que avalar mis sospechas. Aún no me he sacado la espina de aquel fracaso y si esta joven sabe algo que yo desconozca sobre ese tema, me encantaría ponerme al día.

–Se trata de un problema personal y no es de tu incumbencia –dijo Belarmino, ganando firmeza.

La periodista, lejos de seguir en lo más mínimo las indicaciones del policía, se encaró con Elisa.

–¿Has estado allí? ¿De veras has entrado en la «Komsomol»?

–Sí. Llegué el día 15 y me escapé ayer por la noche.

–¿Y qué hacen?

–¿Cómo que qué hacen?

–Te pregunto que a qué han destinado las instalaciones de la «Komsomol». ¿A qué se dedican quienes trabajan allí dentro?

Elisa meditó sobre la conveniencia de revelar lo que realmente sabía sobre los alumnos del «Gagarin». De inmediato, decidió callar. Al menos, por el momento.

–Pues... dan clases. Se trata de un colegio. El colegio Gagarin, se llama. Le pusieron ese nombre por Yuri Gagarin, el primer cosmonauta terrestre... un... ruso.

Elisa comenzó a sentir una desazón interior como nunca antes había experimentado.

El sargento Belarmino, que seguía la conversación atentamente, escribió una serie de instrucciones en su teclado.

Al instante, con los habituales caracteres luminosos, se formó ante él la imagen de un documento oficial.

–En efecto –dijo–, cuando la ABM solicitó al gobierno de la ciudad la licencia de apertura, hacía constar que entre las instalaciones figuraría un colegio para los hijos de los empleados. Se proponía el nombre de Yuri Gagarin, famoso cosmonauta terrestre del siglo veinte; y se declaraban un máximo de ciento cincuenta plazas escolares que cubrirían con su propio profesorado...

–¿Ciento cincuenta plazas? –exclamó Elisa, sin poder evitarlo–. ¿Es una broma? Allí hay más de cinco mil chicos y chicas de diversas edades y de... de todos los rincones del sistema solar.

A la periodista le brillaron los ojos.

–Vaya... qué interesante.

El policía se puso en pie, se alejó unos pasos e hizo una seña a la reportera para que se acercase hasta él.

–¿Qué ocurre, sargento?

–Escucha, Hemingway. Esta chica parece estar perturbada. Ni siquiera sabe dar razón de sí misma. No te hagas ilusiones creyendo que le vas a sacar una información coherente. Posiblemente sea una mentirosa compulsiva o cualquiera otra de esas cosas de las que tanto hablan los psiquiatras.

–Parece estar muy segura de lo que dice. Y conocía el auténtico nombre del colegio, lo cual no puede ser casualidad.

–Sí... eso es cierto.

–De modo que, posiblemente, sí haya sido alumna de ese extraño centro escolar a bordo de la «Komsomol».

–Sinceramente, no lo creo. Si hubiese estado matriculada allí la tendríamos identificada.

–Ah. ¿Y no la tenemos, sargento?

El policía apretó los labios, percatándose de que había hablado de más. Ahora ya no había remedio.

–No. Es muy extraño pero no aparece en el banco de datos. Es... una indocumentada.

–Vaya... pensaba que el gobierno negaba oficialmente la existencia de indocumentados.

–Oficialmente.

–Cuantas más cosas me cuenta usted, sargento, más interesante me parece el asunto. Creo que puede merecer la pena investigar. ¿O es que no le pica a usted la curiosidad?

–Sinceramente, no.

Mariana Hemingway esbozó una sonrisa irónica.

–Pues debería picarle. Porque si esa chica tiene razón en lo que dice, podría tener usted cinco mil indocumentados metidos en esa vieja nave de carga.

La «pizza» de Alberto

Mariana Hemingway se llevó a Elisa a comer tortas europeas.

–¿Te gustan?

–Claro que me gustan –contestó Elisa, metiéndose en la boca un trozo enorme–. ¿Sabía usted que hasta hace unos cien años se las llamaba «pizzas»?

–¿Cómo? ¿Pizzas?

–Ese era su nombre original. Proceden de Italia, uno de los estados que formaron Europa y tenía su propio idioma.

La periodista exhibió una luminosa sonrisa.

–Ahora entiendo el nombre del establecimiento: «La pizza de Alberto». Nunca he sabido lo que significaba.

–¿Se habrá dado cuenta el dueño de lo mal que suena? –se preguntó Elisa.

La periodista sonrió antes de sorber agua de su vaso con una pajita.

–La verdad es que la historia terrestre no es mi fuerte. En cambio tú... ¿cómo sabes tanto de la Tierra?

Elisa se encogió de hombros.

–No lo sé. Lo he estudiado. Al fin y al cabo, soy terrestre –tragó un bocado de «pizza» antes de terminar la frase–. O eso creo.

Mariana Hemingway alzó el índice derecho y lo movió de un lado a otro ante los ojos de Elisa.

–Olvídate de eso. Ahora eres marciana. No sabes la suerte que has tenido topando con alguien como el sargento Belarmino.

–Parece un buen tipo.

–Para ser marciano y policía, es un ángel. Otro cualquiera en su lugar te habría echado a la calle... o incluso habría intentado aprovecharse de tu situación. Al haberte inscrito en el censo, aunque lo haya hecho de un modo un tanto irregular, te ha hecho un favor enorme. Ahora puedes solicitar ayudas, becas de estudios... lo que quieras. Y tendrás mucho más fácil buscar a tu padre.

Elisa se revolvió incómoda en el asiento.

–¿Sabes? No estoy segura de querer buscar a mi padre.

–¿Ah, no?

Cuando terminaron la cena, la periodista sacó uno de sus cuadernos de contraste.

–Voy a repasar mis notas otra vez, si no te importa. Dices que había allí chicos que aseguraban llevar al menos seis años.

–Sí.

–Sin embargo, ABM compró la «Komsomol» a la Compañía Espacial Kislin hace solo dos años. Tengo la seguridad de que hace treinta meses, la nave estaba completamente abandonada y en bastante mal estado. ¿Cómo explicas eso?

–No lo sé. Quizá... no, no lo sé.

–Según tu padre, el colegio pertenecía a la Fundación ABM.

–Sí. Lo recuerdo bien. Pero me has dicho que no existe la Fundación ABM.

–No. Solo existe la Compañía ABM. Una empresa. Una grandísima empresa, dicho sea de paso.

–Así que fue la Compañía ABM la que compró la «Komsomol».

–Sí.

–¿Y por qué empezaste a investigar aquella operación?

Mariana Hemingway dio un mordisco a su «pizza» antes de responder.

–Me pareció extraño que ABM se instalase en semejante lugar, a doscientos cincuenta kilómetros de Nuevo París, con el desierto de los Escollos de por medio, pudiendo hacerlo en los polígonos industriales cercanos a la ciudad, que además presentan grandes ventajas fiscales.

–Es raro, sí.

–Ellos dijeron que les salía más barato, ya que podían aprovechar buena parte de las instalaciones de la «Komsomol» que, de otra forma, tendrían que construir con el consiguiente gasto y retraso.

–Bueno... tiene sentido.

–He hecho las cuentas muchas veces y no me salen. Yo siempre he creído que se fueron allí, al fondo del Tercer Canal, por motivos muy distintos de los económicos.

–¿Cuáles pueden ser esos motivos?

–Creo que solo puede deberse a una causa: que la actividad que pretendían desarrollar entraba dentro del campo de lo peligroso... o de lo prohibido. Por el tipo de empresa de que hablamos, yo me inclino por la segunda posibilidad.

–¿Una actividad prohibida? ¿De qué tipo?

–Las empresas como ABM suelen estar inmersas en proyectos que rozan los límites de lo permitido: inteligencia artificial avanzada, genética biomecánica, replicantes... ¿Sabes lo que significa ABM? Son las siglas de América Bio Mecánica. No sé qué demonios significa América, pero el resto está muy claro.

A Elisa se le ensombreció la mirada.

–Entiendo. Sin embargo, yo no vi allí nada de eso. Solo alumnos y profesores.

–Un... colegio normal, entonces.

–Sí.

–Bien. Veré qué me encuentro cuando vaya. ¿Quieres algo más?

–No, gracias.

Mariana introdujo su identificación en la ranura de la mesa para pagar la cuenta.

–No te lo he preguntado pero... ¿Quieres acompañarme?

–¿Al «Gagarin»? No. Por supuesto que no. Y espero que no me delates.

–Quizá allí tengas la respuesta a algunas de las preguntas que te estás haciendo. Sobre tu padre, por ejemplo.

La mirada de Elisa se ensombreció aún más.

–Es posible. Pero prefiero buscar esas respuestas en otro lado. Y a mi padre también.

Mariana sacó su chequera electrónica y escribió unas instrucciones.

–Como quieras. Por cierto, acabo de traspasarte cierta cantidad de dinero. Es por si tienes algún apuro.

–Gracias, Mariana. Te lo devolveré, tarde o temprano. Te lo prometo.

–Estoy segura de ello, Elisa.

Se levantaron de la mesa, salieron al exterior, se sonrieron y echaron a andar en direcciones opuestas.

Veinte pasos después, Mariana se volvió para mirar cómo la chica se alejaba. Para entonces, Elisa ya sabía que no podía fiarse lo más mínimo de aquella mujer.

Martes, 20 de septiembre. 19:00 horas

El desastre

Mariana Hemingway sobrevoló un par de veces los restos de la «Komsomol» antes de buscar un lugar para posar su moto ingrávida.

El espectáculo era sobrecogedor.

El módulo principal seguía pareciendo una gigantesca aspirina, pero el aspecto que ahora presentaba era como el del comprimido que, sumergido en el agua, comienza a disgregarse.

La estructura de diez plantas se había desmoronado sobre sí misma hasta reducir su altura a menos de la mitad de la original.

Las bodegas de carga, antes unidas al módulo central, habían caído unas sobre otras de tal modo que las dos inferiores habían resultado literalmente aplastadas por el peso de las demás.

Para quien llegase al lugar ignorante de las circunstancias que habían rodeado los hechos, la escena incluía todos los elementos para sospechar de un accidente terrible y reciente, en el que la descomunal nave de carga se hubiera precipitado contra el fondo del Tercer Canal de Marte.

Los servicios de emergencia trabajaban con evidentes prisas en el rescate de las víctimas y en la limpieza del terreno. Y apenas a medio kilómetro de los restos del módulo principal se había instalado, directamente sobre el lecho del canal, un pequeño hospital de campaña.

Hacia allí se dirigió la periodista.

Tras despojarse del traje espacial y entrar en la zona presurizada interpeló en voz baja a una de las enfermeras, que le señaló el segundo de los seis compartimentos asépticos que poseía la instalación.

Abrió la puerta y la cerró tras de sí.

Tendido en la cama, con una larga serie de aparatos conectados a su cuerpo, vio a un hombre aún joven, de pelo negro y rizado, que mantenía una permanente expresión de sufrimiento.

–¿Cómo estás, Martin?

–Ya lo ves. Bastante estropeado –respondió el director del «Gagarin» a través de la mascarilla de oxígeno–. Esa chica no se anda con tonterías. Había tomado una decisión y nada se le puso por delante. Casi nos mata a todos pero eso... no le impidió escapar. Es magnífica.

–Aún la piropeas después de que casi acaba contigo.

–Sí... reconozco que siento debilidad por Elisa. Es un sueño hecho realidad. El sueño de mi vida.

–A un precio muy alto, me parece. Esto ha sido un verdadero desastre ¿no?

El hombre fue a responder pero se lo impidió un acceso de tos que tardó en pasar.

–Dímelo tú, Hemingway –susurró, por fin–. ¿Ha sido un desastre, como tú dices... o ha merecido la pena?

Mariana no pensaba sonreír pero no pudo evitarlo al recordar el resto de aquel día.

–Ha conseguido una identidad.

–¿Ya? ¿En serio? –preguntó Martin, intentando incorporarse.

–Ha pasado todas las pruebas. Nadie ha sospechado nada. Está en el censo de Marte y no ha tardado ni doce horas. Tiene «gancho». No es solo que sea atractiva, es que... se hace querer. Juega, sin proponérselo, con una combinación de desparpajo y debilidad que la hace irresistible. Nunca había visto nada igual en una de nuestras creaciones.

Martin hizo un gesto de triunfo, seguido de una contracción de dolor.

La vida en un chip

–¿Y ella? –preguntó el director–. ¿Sospecha algo?

La periodista se alzó levemente de hombros.

–No lo sé. Es muy lista. Demasiado lista, si me permites decirlo. Y aprende muy deprisa, además. Me extrañaría que tardase en darse cuenta de que no tiene pasado, de que su vida es un chip. Eso, si no lo sabe ya.

–¿Es posible que...?

–Sí, Martin. Con Elisa, todo sucede demasiado deprisa.

Es posible que ya tenga la certeza de que sus recuerdos no le pertenecen.

–Hasta ahora, ninguno de nuestros chicos ha tenido que pasar por ese trance. Ninguno ha llegado a darse cuenta de que era una persona artificial. Es un paso trascendental y no sé qué puede ocurrir.

–Desde luego, tiene que ser muy duro llegar a la convicción de que no tienes un pasado real; ni eres quien creías ser, ni tu padre es quien tú pensabas; y que la madre que creías haber perdido jamás existió. Te aseguro que no me da ninguna envidia esa chica, por muy brillante que sea el futuro que la Compañía le tenga reservado. Pero si alguien puede asumirlo y seguir adelante, es Elisa.

–¿Tú podrías, Mariana?

–Seguramente, no.

–Así que ella es, sin duda, mejor que nosotros.

–En algunos aspectos, desde luego que sí.

Martin cerró los ojos, disfrutando del placer que proporciona la sensación del deber cumplido. Quizá eso le hizo ponerse filosófico.

–¿Sabes, Mariana? En cierto modo, envidio a Elisa. Vivimos una vida que desaparece conforme la utilizamos. El presente es tan efímero que ni siquiera podemos paladearlo porque, al instante siguiente, ya es pasado. Y puesto que el futuro aún no es nada... ¿qué nos queda?

–Nos quedan los recuerdos, ¿no?

–Exacto, Hemingway, exacto... nuestra vida, realmente, no es otra cosa que nuestros recuerdos. Y si podemos alterarlos, dominarlos, cambiarlos o dejar de concederles importancia, tendremos en nuestras manos la llave de la felicidad. ¿Te imaginas llegar a viejo recordando una vida plena, apasionante, llena solo de buenos momentos, como deseaba Borges...?

–¿Aunque no haya existido?

–¡Naturalmente! ¿Qué importancia tiene que los recuerdos sean reales o inventados, falsos o auténticos? En el fondo, eso es lo que nos ocurre, lo queramos o no. ¿Acaso crees que tus veinticinco años de vida han sido como los recuerdas? No seas ingenua, Hemingway. Cada cual modela sus recuerdos a su modo, a su gusto. Y con el tiempo, personas que vivieron los mismos acontecimientos los recuerdan de manera totalmente distinta. Y eso es lo importante. No lo que realmente sucedió, sino lo que recordamos que sucedió. ¡Ahí está la clave! Llevamos más de un siglo de inteligencia artificial pero no hemos logrado aún dar el paso definitivo. Elisa puede ser la primera. Solo tiene que aceptarlo. En el fondo, vivir significa, sobre todo, aceptar que se vive.

–Es mucho más complicado que eso, Martin. Mucho más.

–Lo sé, lo sé...

–¿Qué pasará cuando dentro de una o dos décadas siga conservando su aspecto de quinceañera?

–¡Por favor, Hemingway! Yo hablo de la esencia de la vida y tú me sales con un inconveniente estético. Cada asunto, a su debido tiempo. Hay mil cosas más importantes que solventar antes de que eso sea un problema. Quizá dentro de diez años, ya sepamos cómo hacerla envejecer. Vamos paso a paso. Lo vamos a conseguir, estoy seguro.

Yo ya he cumplido mi trabajo. Ahora, te toca ti. Conviértete en su amiga. Ayúdala en todo. Pero con tiento, con mucho tiento o te descubrirá y entonces sí tendrás un problema. ¡Es extraordinaria! Tendrías que haberla visto aquí. Le pusimos a todo el colegio en contra. ¡A todos! Solo le dejamos dos aliados. ¡Y en cinco días había tomado la decisión! ¿Te das cuenta, Hemingway? ¡Pensábamos darle diez o quince días de plazo y tardó solo cinco! ¡Nos pilló a todos desprevenidos!

–¡Y tanto! Un poco más y acaba con vosotros. ¿Sabes cuántas bajas ha habido?

–¡No, no lo sé ni me importa! ¿Qué más dan las bajas? Eran proyectos fallidos, pasos intermedios para llegar a Elisa. Ella es lo importante.

Martin volvió a toser y la periodista le acercó un vaso con agua. El hombre bebió apenas dos sorbos y dejó caer de nuevo la cabeza sobre la almohada, con una sonrisa de satisfacción en el rostro.

–¿Sabes que un grupo del «Gagarin» consiguió refugiarse a tiempo en el bosque?

La sonrisa se borró de la boca del director.

–Ese maldito bosque... tendríamos que haberlo destruido en su momento. ¿Un grupo numeroso?

–Entre doscientos y trescientos, han calculado.

–¿Replicantes?

–Replicantes e indocumentados.

Martin permaneció unos segundos en silencio. Luego, alzó las cejas.

–Bueno... habrá que ver qué planes tiene para ellos la

Compañía. Quizá puedan ser el origen de un experimento interesante.

–O de un interesante problema de difícil solución.

El nuevo ataque de tos del señor Martin fue tan fuerte que la chica decidió salir del compartimento para pedir ayuda. Dos enfermeras acudieron y teclearon instrucciones en los aparatos que rodeaban al herido hasta conseguir calmar el ataque.

En cuanto se estabilizó mínimamente, Mariana decidió dar por terminada la visita.

–Me voy, Martin.

–Sí, Hemingway. Anda, ve con ella. Ve con ella...

–Cuídate.

–Claro. Estoy bien, no te preocupes.

Mariana Hemingway miró con preocupación al director del colegio «Gagarin», responsable hasta entonces del «Proyecto Lozano».

–No, Martin, no estás bien. Estás enfermo –dijo, acariciándole la frente–. Estás muy enfermo.

Mariana se encasquetó su escafandra antes de salir a la atmósfera de Marte. Su moto ingrávida relucía bajo el sol del atardecer marciano, flotando a dos palmos del suelo del Tercer Canal.

En cuanto el globo solar desapareciera bajo la línea del horizonte, caería de improviso sobre esa parte del planeta una noche espesa y aterciopelada que el débil reflejo de Deimos y Phobos, los pequeños satélites de Marte, apenas lograrían rasgar.

De modo que programó el piloto automático de su vehículo para que encontrase por sí mismo su destino cuando llegase la oscuridad.

Luego, con felina elegancia, saltó a la grupa de la moto, se ajustó el cinturón de seguridad y aceleró a fondo en dirección a Nuevo París.

Índice

Fernando Lalana

Nace en Zaragoza en 1958. Tras estudiar Derecho, encamina sus pasos hacia la literatura, que pronto se convierte en su primera y única profesión, tras quedar finalista en 1981 del premio Barco de Vapor con *El secreto de la arboleda* (1982).

Desde entonces, Fernando Lalana ha publicado más de un centenar de libros con las principales editoriales españolas del sector infantil y juvenil.

Ha ganado en tres ocasiones el premio Gran Angular de novela: con *El zulo*, en 1984; con *Hubo una vez otra guerra* (en colaboración con Luis A. Puente), en 1988; y con *Scratch*, en 1991. En 1990 recibe la Mención de Honor del premio Lazarillo por *La bomba* (1990). En 1991, el premio Barco de Vapor por *Silvia y la máquina qué* (1992) en colaboración con José Mª Almárcegui. En 1993, el premio de la Feria del Libro de Almería, que concede la Junta de Andalucía, por *El ángel caído* (1998). En 2006 recibe el Premio Jaén por *Perpetuum Mobile*.

En 1991, el Ministerio de Cultura le concede el premio nacional de Literatura Infantil y Juvenil por *Morirás en Chafarinas* (1990), premio del que ya había sido finalista en 1985 con la obra ya mencionada *El zulo*, y lo volvería a ser en 1997 con *El paso del estrecho*.

Fernando Lalana está casado y tiene dos hijas: María e Isabel. Viven en Zaragoza. Sobre las piedras que habitaron los romanos de Cesaraugusta y los musulmanes de Medina Albaida. O sea, en el casco viejo.

Si quieres saber más cosas de él, puedes conectarte a: www.fernandolalana.com.

Bambú Grandes lectores

Bergil, el caballero perdido de Berlindon
J. Carreras Guixé

Los hombres de Muchaca
Mariela Rodríguez

El laboratorio secreto
Lluís Prats y Enric Roig

Fuga de Proteo 100-D-22
Milagros Oya

Más allá de las tres dunas
Susana Fernández Gabaldón

Las catorce momias de Bakrí
Susana Fernández Gabaldón

Semana Blanca
Natalia Freire

Fernando el Temerario
José Luis Velasco

Tom, piel de escarcha
Sally Prue

El secreto del doctor Givert
Agustí Alcoberro

La tribu
Anne-Laure Bondoux

Otoño azul
José Ramón Ayllón

El enigma del Cid
Mª José Luis

Almogávar sin querer
Fernando Lalana, Luis A. Puente

Pequeñas historias del Globo
Àngel Burgas

El misterio de la calle de las Glicinas
Núria Pradas

África en el corazón
M.ª Carmen de la Bandera

Sentir los colores
M.ª Carmen de la Bandera

Mande a su hijo a Marte
Fernando Lalana

La pequeña coral de la señorita Collignon
Lluís Prats

Luciérnagas en el desierto
Daniel SanMateo

Como un galgo
Roddy Doyle

Mi vida en el paraíso
M.ª Carmen de la Bandera

Viajeros intrépidos
Montse Ganges e Imapla

Black Soul
Núria Pradas

Rebelión en Verne
Marisol Ortiz de Zárate

El pescador de esponjas
Susana Fernández

L.
Mónica Rodríguez